U0458964

广袤的原野

〔巴西〕若昂·吉马良斯·罗萨 著

陈迪 译

João Guimarães Rosa
Campo geral

人民文学出版社
PEOPLE'S LITERATURE PUBLISHING HOUSE

João Guimarães Rosa
Campo geral

图书在版编目(CIP)数据

广袤的原野 / (巴西)若昂·吉马良斯·罗萨著；陈迪译. -- 北京：人民文学出版社、2025(2025.9重印). -- (吉马良斯·罗萨作品). -- ISBN 978-7-02-019178-9

Ⅰ. I777.45

中国国家版本馆 CIP 数据核字第 20259Z8E56 号

责任编辑　李　娜　周　展
装帧设计　汪佳诗
封面绘画　南岛的葵

出版发行　**人民文学出版社**
社　　址　**北京市朝内大街 166 号**
邮政编码　**100705**

印　　制　**安徽新华印刷股份有限公司**
经　　销　**全国新华书店等**

字　　数　**85 千字**
开　　本　**889 毫米×1194 毫米　1/32**
印　　张　**4.625**
版　　次　**2025 年 4 月北京第 1 版**
印　　次　**2025 年 9 月第 2 次印刷**

书　　号　**978-7-02-019178-9**
定　　价　**45.00 元**

如有印装质量问题,请与本社图书销售中心调换。电话:010－65233595

序

若昂·吉马良斯·罗萨（1908—1967）是巴西历史上最伟大的作家之一。让读者们感到高兴的是，他的作品在过去这些年来跨越国界，逐渐令他比肩其他文学巨匠，获得了他在世界文学范围内应有的地位。即将出版的吉马良斯·罗萨小说《广袤的原野》中文版由陈迪老师完成翻译，正是这一进程的极佳例证。随着中国读者对吉马良斯·罗萨作品的兴趣与日俱增，相信这一趋势将得以延续。

吉马良斯·罗萨不仅是一名小说家，也是一名职业外交官，如果他看到自己的作品能拉近巴西和中国等友好民族之间的距离，并成为促进彼此相互了解的工具，他必定会感到无比自豪和满足。值得一提的是，巴西政府用他的名字来命名其外交部文化处，也就是"吉马良斯·罗萨学院"，该机构在全球各大洲都设有办事处。

要说吉马良斯·罗萨作品最了不起的地方，也许其中一点便是他能将地方性的素材——其故乡米纳斯吉拉斯州所展现的巴西农村的现实以及大量的风景、人物和地方语言——转化为最普遍而又深刻的内容，即人类真正的本质。

正如大师本人对他的一位外国翻译所总结的：

> "当我写一本书时，我就好像是在'翻译'它，而它的原型则存在于别处，存在于浩瀚的星空中，或是存在于思想层面上，例如意象。我从不知道我所做的这些'翻译'是成功了还是失败了。"

怀着巴西人特有的乐观和纯真，关于吉马良斯·罗萨最后提出的疑问，我希望《广袤的原野》的中文读者们与我得出一样的结论：这些"翻译"不能更正确、更精妙了。这位来自米纳斯吉拉斯州的文豪，其作品还给我带来了一个启发，我也希望广大读者们能与我有所共鸣：尽管在地理上两国相距遥远，但两国人民在心灵上彼此靠近，共享的价值观也远比我们想象的要多。

奥古斯托·佩斯塔纳

巴西驻上海总领事

2024 年 10 月

有一个叫米吉林的孩子和爸爸、妈妈、兄弟姐妹住在一个离这里很远很远的地方，在弗兰戈达瓜河谷和其他一些没有名字或者不那么有名的河谷背后更远的地方——遥远的穆通。他们住的地方位于坎波斯热赖斯的中心区域，但在一片又窄又深的洼地里，树林环绕，黑土地，山脚下。米吉林八岁。在他年满七岁的时候，第一次离开那里：特雷兹叔叔把他扶上马背，让他坐在马鞍前，一起出发去苏库里茹接受坚信礼，因为主教时常会去那里。他们去了好些天。米吉林对这趟旅行有着说不清的印象，头脑中会跳出一些混乱的片段。其中一条他记忆深刻，几乎无法忘记：一个曾在穆通待过的人说，"穆通是一个美丽的地方，重峦叠嶂，有很多采石场和树林，离哪里都很远，还经常下雨"……

　　他妈妈很美，一头黑色的长发，却因不得不居住在穆通而悲苦不已。她总是抱怨，特别在那无休无止的阴雨天，当天渐渐暗下来时，一切对她来说都特别孤独，特别暗淡，那里的空气比别处更加暗淡；或者，哪怕在晴朗的日子里，随便哪一天的下午，在阳光照耀的时刻，她也会感叹："唉，深深的忧伤啊……"即便如此，当身处外地时，只有和特雷兹叔叔在一起的时候，米吉林才能体会到一种浓浓的思念，对所有人和所有事的思念，这种思念有时会让他有窒息的感觉，甚至哭不出来。他还发现，思念让自己鼻子发酸，鼻腔湿润，痛苦随之减轻了一些。所以，他让特雷兹叔叔帮他把手绢弄湿。当他们来到一条小溪旁，出现了一口泉眼，或者说喷涌的一口井，特雷兹叔叔骑在马背上，拿着角杯，俯下身去，在涌出的水柱顶端接上来一杯水。但是这一路上的平原一向干旱，所以特雷兹叔叔带了一只装满了水的葫芦，能解四次渴。这只葫芦上满是纷乱的藤蔓，很是美丽。"米吉林，这是用来喝的……"特雷兹叔叔笑着说。可米吉林也笑了，没打算喝自己的那份水，而是用水浸湿了手绢，润着鼻子，缓解了干燥。他喜欢爸爸的兄弟特雷兹叔叔。

回到家之后，他最大的愿望就是把一个好消息告诉妈妈，也就是那个男人说的："穆通是一个美丽的地方……"他想，当妈妈听到这句话的时候一定会很开心、很欣慰。这相当于一份礼物，能够凭着记忆通过这样一种方式给妈妈带去这份礼物，作为对她的拯救，这个想法使他格外激动。这份礼物太重要了，太特别了，以至于他不想当着别人的面告诉妈妈，可他很着急，因为得等。好不容易等到了只有他和妈妈的时候，他搂着她的脖子，激动地告诉了她那个人的话。妈妈没有评论，只是忧伤地望着远方，指着小山，说道："我总是在想，那座山的背后有着别样的风景，可惜我被山挡住，永远无法看到……"这是妈妈第一次同他说一件如此严肃的事情。然而无论他多么爱妈妈，在内心深处还是无法认同她的话，反而觉得称赞穆通很美的那个人说得有道理。他这么认为并不是因为米吉林自己看到了穆通的美——他甚至还不知道美丑为何呢，而仅仅是因为那个人称赞的方式：那个人是在距离穆通很远的地方说的那番话，不经意间说的，不带任何感情色彩，与妈妈那种带脾气的、悲伤的长吁短叹完全相反。这件事在根源上总有哪里不对，米吉林感觉到了，只是搞不太懂。可是，那四周的树林，深绿色，又近乎黑色，让他害怕。

先前，为了能够快一点和妈妈独处，好告诉她那个消息，米吉林焦虑不安，而且不得不对爸爸表现出反感的情绪——实际上他并不想这样做，一点儿都不想，甚至直到此时此刻还对此充满了失落的愧疚。他爸爸没由头地冲过去怒吼道："这孩子不像话。成天在外头转啊走的，还去了苏库里茹，结果自打从那儿回来，对我没点儿尊重，也不问我好不好……"妈妈袒护儿子道："别瞎说，贝罗。孩子都吓坏了……"可爸爸又骂了几句。第二天是星期天，爸爸领着米吉林的一群兄弟姐妹到河里钓鱼去了，但米吉林得待在家里，算是对他的责罚。不过，好心的特雷兹叔叔教米吉林如何设陷阱来抓小鸟。他俩抓了很多只蓝肩裸鼻雀，柔软的、蓝色的那种小鸟，之后又把它们放了，因为它们不适合养在笼子里。"米吉林，你在想什么呢？"特雷兹叔叔问。"在想爸爸……"叔叔没再问下去，而米吉林的情绪有些低落，因为他撒谎了：其实他什么都没想，只是在想，当那些蓝肩裸鼻雀发现自己被抓进了笼子、和同伴分开时会是什么感觉，他是同情它们的；而在特雷兹叔叔问他的那一刻，那个回答脱口而出。可是那些蓝肩裸鼻雀继续高歌，飞翔，落在木瓜树上，一次次掉进陷阱里，又一次次重获自由，一切都在继续。米吉林又想起了主教——善人之最，那服饰上的颜色太丰富了，红色的袜子，有带扣的鞋子，还有那我们跪地亲吻时无暇去看的非凡的权戒。

"特雷兹叔叔，主教先生认为穆通美不美？"

"非常美，米吉林，嗯！我喜欢住在这里……"

但是，米吉林不是穆通人。他出生在更遥远的地方——位于萨里里年边上的一个叫作保罗舒的地方，那也是一片丛林洼地。对于那里，他还能记起一些模模糊糊、零零散散的片段，这些记忆至今还令他心惊胆战。他站在一个小院子的围墙边上，有一个大男孩冲他做着鬼脸。在那个小院子里有一只火鸡，它气势汹汹地叫着，展开尾羽，走来走去，发出噗噗的声音。火鸡是这世界上最惹人注目的动物，突然又很重要的动物，就像一个故事。大男孩说："是我的！"米吉林讨好似的重复："是我的……"而后大男孩双手举起一块石头，做了一个更夸张的鬼脸："咧咧咧！"之后的事情有些混乱，他伤得很重，妈妈哭着说："你们杀了我的孩子！"一股热辣辣、黏糊糊的东西顺着额头流下来，遮住了米吉林的眼睛，他无法看清眼前的一切。可是这个记忆和另一个混在了一起。有一次他光着身子坐在一个盆里，他爸爸、妈妈、伊西德拉姨婆和本温达奶奶围在他身边。爸爸命令道："把那东西拿来……"他们把一只尖叫着的犰狳带了过来，用刀宰了它，把它的血往盆里放，流到米吉林的身上。"妈妈，那是真的吗？"这事他琢磨了很久。妈妈肯定地回答了他，告诉他那时候他大病初愈，身子很弱，用新鲜的犰狳血洗浴可以帮助他恢复。对于保罗舒，他还有些其他的记忆，太遥远，太缥缈，以至于化作梦境。一群白白净净、芳香扑鼻的姑娘，带着清澈甜美的微笑，拉着他，把他带到一张桌子旁，帮他往一个大茶杯里倒了些热乎乎的喝的东西，让他品尝，那液体散发出纯净的气味。后来，在花园的欢乐中，在叶子的清凉中，她们让他在地上爬着玩耍。他陶醉于大地和树叶的芬芳，但最美的要数那在树叶中若隐若现的鲜红的果子，它们散发出娇艳的气味，欲滴的气味，快乐的气味，喜悦的气味。那是大家常吃的果子。但妈妈解释说，以前在保罗舒是没有那种果子的，而且在那时候他们经常去的地方——位于巴尔博兹的上平达伊巴斯和下平达伊巴斯两个大庄园里也没有。

对于来穆通这一路上的见闻，米吉林记得很清楚。妈妈带着他和兄弟姐妹们，坐在一辆牛车上，皮制的车棚，棕榈制的座席，装满了行李、袋子，好多好多东西，多到他们可以玩捉迷藏。路上时不时地会吃些盐巴，或者棕榈椰糕、奶糖和去皮奶酪。兄弟姐妹们中的一个人喝羊奶，记不清是哪个人了，所以他们把那头白色的母山羊也带上了，用绳子拴在车后面跟着走。小山羊们和他待在牛车里，一路上大声唤着它们的妈妈。可怜的母羊，她走到最后时不会觉得累吗？"太好了，羊乳涨满了，都快流出来了……"有个人说道。可是，这些穷苦的人啊，难道想让羊奶就这样洒到路上、滴到石头上、落到尘埃上吗？爸爸骑着马，在牛车一侧同行。特雷兹叔叔应该也跟着来了，但对此米吉林记不起来了。他们在路上遇到很多头愤怒的牛，一大群牛！这一路上他们走过了许多地方。

"你从苏库里茹给我带了什么回来？"西卡问。

"这个圣物……"

这是一位姑娘的像，从报纸上剪下来的。

"好看。是主教给的吗？"

"对。"

"那我呢？那我呢?！"迪托和托梅齐尼奥不满地问。

可米吉林没有其他能给的东西了。他把手放进兜里摸索着，只摸到一小段细麻绳和几个乳香树脂球，那是他在河边从树皮上抠下来的。

"我把所有的东西放在了一个包裹里，好多东西呢……但包裹掉进了峡谷，沉到了水里……峡谷里有一只鳄鱼，可大了……"

"撒谎。你撒谎。你会下地狱的！"说话的是站在远处的大姐德烈丽娜①，她没问米吉林要什么。

"我不会下地狱的，我是受过坚信礼的。你们可没受过坚信礼！"

"你受过坚信礼，那你叫什么名字？"

"米吉林……"

"笨蛋！我叫玛丽亚·安德烈丽娜·塞辛·卡兹，爸爸叫尼奥·贝尔纳多·卡兹！玛丽亚·弗朗西斯卡·塞辛·卡兹，埃斯佩迪托·若泽·塞辛·卡兹，托梅·德热苏斯·塞辛·卡兹……你是米吉林·傻蛋……"

但托梅齐尼奥，只有四岁，小小的，央求米吉林给他多讲讲河里那条大鳄鱼的故事。迪托冲着德烈丽娜反驳道：

"你太讨厌了，你就是在嘲笑米吉林！"

而刚才跑回家里给大家看所得到的东西的西卡，这会儿回来了，抽泣着。

"妈妈把我的圣物拿走了，撕掉了……她说那不是圣物，是罪过。"

---

① 德烈丽娜为名字"安德烈丽娜"的简称，西卡为名字"弗朗西斯卡"的简称，迪托为名字"埃斯佩迪托"的简称，因此，部分名字的用字未遵从音译表。

德烈丽娜趾高气扬地对米吉林说：

"我是不是说过你会下地狱来着?！"

德烈丽娜有着一头金色的长发，挺漂亮。迪托和托梅齐尼奥的头发是黄褐色的，只有米吉林和西卡同妈妈一样，是一头黑发。迪托和爸爸长得很像，而米吉林则仿佛和妈妈是一个模子里刻出来的一般。但还有一个孩子，米吉林的大哥利奥瓦尔多，并不住在穆通。已经没人记得他的样子了。

"妈妈在做棕榈油，罗莎在清洗猪肠子，以备烧烤……"托梅齐尼奥去厨房侦查回来了，眼神闪烁，手里藏着东西。"托梅齐尼奥，你手里藏了什么东西?"原来是剩下的报纸碎片。"快扔掉！你没听见那是罪过吗?""我不留着它……我要找个地方把它保存起来。"

托梅齐尼奥什么都藏，就像小狗藏东西一样。

他们养了太多太多的狗。体型最大的那条叫吉冈，通体乌黑，大家都说它厉害得能猎捕豹子。它喜欢和孩子们玩，保护他们免受任何伤害。三条白色的猎犬分别叫塞乌诺梅、泽罗沙和茹利尼奥·达图利亚，其中若泽·罗沙[①] 和茹利尼奥·达图利亚是住在保罗舒的两个人的名字，是米吉林爸爸憎恨的两个人。但随着时间流逝，憎恨渐渐消失，没人再提往事，那两条狗也就被唤做泽罗和茹林。再就是

① 葡萄牙语中，"泽"是"若泽"的昵称，所以"若泽·罗沙"就是"泽罗沙"。

四条套着脖圈的捕捉南美刺豚鼠的猎狗，身上有着不同的条纹，三条公的一条母的，四条狗从不分开，体型不大，粗壮浑圆，名叫卡拉特尔、卡蒂塔、索普拉多和弗洛雷斯托。还有一条名叫里奥贝洛的捕斑翅山鹑的猎狗，因为吃了某种有毒的虫子发疯死了。

但在米吉林的心中，最有分量的要数一条叫作平戈·德欧罗的善良的母狗。这条狗没有主人，但米吉林如主人一般疼爱她。当他独自一人躲在菜园深处玩耍的时候，她就会出现，不叫，不吓唬他，只是待在离他很近的地方，仿佛懂他一般。她总是瘦骨嶙峋，病病歪歪，大家都说她快要瞎了。但她生了小狗，除了一条以外，其他的全死了。活下来的这条小狗很美，总是和妈妈一起玩耍，从没见平戈这么高兴过。小狗有着和妈妈一样的毛色，黄白色，被雨打湿一般。它直挺挺地趴在地上，刨着地，前腿扒拉出松软的黑土，向后扬起，扬到远处的玫瑰花下，没想到还意外地从地里刨出了那雨后泥土的清香。之后，它翻着跟头，打着滚，坐起来抖抖毛，露出闪亮洁白的小牙，光照万里。它咬着妈妈的脸颊，平戈站立起来，小狗随即悬在空中。它跳下来跑开了，咧着嘴，又跑回来，围着妈妈跳来跳去，跳了二十次。平戈叼起一根树枝，小狗追着去抢，兴冲冲地叫着，平戈叼得越紧它叫得越欢。小狗开心极了，没有一点烦恼，没什么能让它感到苦恼的，它几乎从来不闭嘴，连笑的时候都张着。没过多久，一队驮运工路过穆通，在那里待了好些天，因为他们几乎所有的驴子都瘸了。当这些人离开时，米吉林的爸爸把母狗平戈送给了他们，用绳子牵走了，而小狗在一个草篮里呜呜地哭。他们踏上征途，往该去的地方去了。米吉林趴着哭，发泄着悲伤的情绪，哭了好多好多次。有人说以前有过一种情况，送出去的小狗，即使被带到千里之外，也总能找到回家的路。米吉林燃起了希望，期待平戈能够回来。就这样期待着，期待着，他变得越发敏锐，甚至在夜晚，当听到一只狗不停地叫时，他都在想是不是平戈回来了。谁去给她开门让她进来啊？她一定累了，渴了，饿了。"她不晓得回家的路，因为她几乎瞎了……"那么，既然她已经快瞎了，为什么爸爸还要把她送给那群陌生人啊？他们会不会虐待她啊？米吉林毕竟还是太小，没过几周心情就平复了。直到有一天，有人给他讲了个故事：一个男孩在丛林里发现了一只雄斑鸠，后来其他人从他手里抢走并杀了它。那个悲伤的男孩一边哭泣一边唱着：

"我的斑鸠啊，你在哪里啊？

我的斑鸠啊，你在哪里啊？！

唉！我的斑鸠啊！

丛林送我的斑鸠啊……"

他甚至不知道，也没有人知道，斑鸠是什么。不过，正因如此，他又想起了平戈。他哭得很厉害，哭到突然管平戈也叫起了斑鸠。从那一刻起，他就再也无法忘记平戈了。

"爸爸和妈妈正在吵架。他在骂她，骂得可凶可凶了。我害怕。他要打妈妈……"

说话的是迪托，说话时他正拉着米吉林的胳膊。迪托的年龄小一些，但他明白事情的严重性。他想事情想得不复杂，老天把所有的智慧都给了他。另外他很喜欢米吉林。关于斑鸠的故事，有一天他问："我们思念一条小狗，会不会也是罪过？"迪托希望米吉林不要再为平戈流泪了，因为每次米吉林流泪的时候，迪托也跟着想要流泪。

"我觉得爸爸是不想让妈妈再跟特雷兹叔叔说话了……妈妈正哭呢，比想象中哭得还要厉害。"

米吉林很快就明白了一切，这令他难过。显然他备受煎熬。迪托怯怯地说："我们去河边看鸭子游泳吧……"他想把米吉林拽走。

"不，不……不能打妈妈，不能……"

米吉林哭着，哭声震天。突然，他开始往家跑，迪托拉不住他。

在气急败坏的爸爸面前，米吉林一句话都说不出来，只有颤抖和哭泣。他跑到妈妈身边。妈妈跪在桌子旁哀求着，两只手捂住了脸。米吉林和她抱在一起。但是爸爸冲过去打他，咆哮着。米吉林甚至都没出声，只顾护着脸颊和耳朵。爸爸拉出皮带，抽打米吉林的腿，热辣辣地疼，如同火烧一般，疼得米吉林直跺脚。等到可以喘口气的时候，他被勒令坐到凳子上，禁止出门。他颤抖着，整个身子都在颤抖。爸爸拿起帽子，走出了家门。

妈妈在屋里哭得更厉害了。每逢这个时候她就会生病，寻求安慰。没人想要维护米吉林，连伊西德拉姨婆也不会。不过，就连爸爸看起来都有点害怕伊西德拉姨婆。她干瘦得露骨，总是会为了任何事情，同所有人置气，永不停止。哪怕再热的天，也不会脱掉黑色的三角披肩。"与其打，还不如看看这孩子的健康！他越来越瘦了……"每当有孩子挨打，伊西德拉姨婆就会过去，斥责爸爸，维护孩子。伊西德拉姨婆在自己的屋里，拿起一个垫子，准备套上镂空花布的套子，嘟嘟囔囔，发着牢骚。她的房间是全家条件最差的那个，光线很暗，里面摆满了东西，我们都无法想象。伊西德拉姨婆几乎从不开窗，她在黑暗中摸索着生活。

孩子们对此已经习以为常，不会再丢下手里的玩具去看米吉林平静地坐在高处的凳子上。只有迪托，远远地躲在门后窥探着，满是关心。但他没有靠近，不想让米吉林感到难为情。

爸爸会上哪儿去了呢？对于自己受到的惩罚，米吉林没有抱怨。没人管他。最糟的已经过去，腿也渐渐不那么疼了，可以静静地想心事。他拿起用线串起的、挂在脖子上的、时不时要亲吻一下的耶稣像，流下两行眼泪，嘴巴咸咸的。那条名叫吉冈的狗向厨房走去，缓慢地，固执地，它总是沉着脸，浑身粗糙。屋里屋外都没人驱赶吉冈，因为爸爸说过："它救过所有人的命！"吉冈一向睡在屋门口，有一天晚上，吠声惊动了所有人，原来是一条大蛇爬进了屋，那是一条凶恶的蝰蛇，最后被爸爸杀死了。天热得厉害，米吉林口渴了，却不想要水喝。每当我们受到责罚，却又需要什么东西的时候，就算是水，其他人也会给我们送过来，但给我们送东西的人，即便是妈妈，也总会说一些责怪我们的话，使我们感到更加愧疚。米吉林身上汗津津的，脏兮兮的。再就是，他注意到，那会儿他应该已经开始尿了，尿到了裤子里，但这会儿又不那么想尿了。妈妈一边哭一边唏嘘着，哭声不那么真实，令人心烦。如果可以，米吉林想要回到菜园去，不要再听这种一如既往的哭声。他宁愿去看蚂蚁进进出出，忙忙碌碌，密密麻麻地交织在一起；马蹄螺绕着叶子爬行，在阳光下，在树荫里，爬过的地方留下一条白色的痕迹，泛着光芒。米吉林把一只脚搭在另一只脚上蹭着痒，因为脚上有只沙蚤——这虫子长大后会胀成一个球，很容易被发现，于是妈妈就用别针把它挑掉了。伊西德拉姨婆喊米吉林道："他们都到牛棚那边玩去啦！你得穿上鞋再去……"米吉林只有一双鞋，受坚信礼的时候穿的那双。此外，他还有另一双凉鞋，生皮做的。受坚信礼时穿的那双应该保存起来。在紫色的衬托下，主教显得格外神圣，以至于人们在亲吻权戒的时候心存畏惧。受到责罚最多的是他米吉林，但挨打最多的是西卡。西卡脾气不好，大家都这么说。她会做不该做的事，会在地上撒泼、捣蛋，会咬人，连爸爸也不尊重。可爸爸不应该说，总有一天还要对米吉林进行更加严重的责罚，把他绑到丛林边的树上去。如果真这样做了，他会不会因为害怕窒息而亡？小山顶上的丛林深处，有美洲豹出没。爸爸怎么能想着把一个小孩绑到丛林的黑暗处去责罚他呢？只有若昂和玛丽亚 ① 的爸爸才会这样做：在故事里，爸爸和妈妈把他俩丢弃在遥远的丛林里，因为家里没有能给他们吃的东西了。米吉林对若昂和玛丽亚的遭遇充满了同情，又想要哭了。

迪托来找米吉林，来了却又装作没来，因为当一个人在接受责罚的时候，其他人不能和他说话。不过，迪托说话时压低了声音，身子转向另一边，仿佛不是在和米吉林说话，所以就算有人看见他，也没办法以此来责罚他。迪托一直在和米吉林聊天，直到他离开。

"要下雨了。那个名叫热的牧人说，会下一场大暴雨，因为牛棚里的叉尾王霸鹟开始踩着蝴蝶往上飞了！牧人热是来取防腐消毒剂的，好给阿迪维尼亚犊牛治伤。他说爸爸爬上了瓜皮拉深谷的边缘，又说爸爸怒气冲冲地四处转了转，最后到那个叫年冈的地方去了。他还说，就是因为

---

① 指童话故事《若昂和玛丽亚》。由于家中贫困，主人公若昂和玛丽亚被父母抛弃在丛林里，第一次通过扔石头找到了回家的路，第二次遇到了坏巫婆，最终战胜了巫婆，带回了巫婆的财宝，返回家中团聚。

酷暑所以才要下雨，大家都热得烦躁不安，心神不宁……"

米吉林没有答话。除非是回应长者的问话，否则受罚的人是不允许说话的。米吉林斜着眼睛看着迪托，只是冲他笑了笑。叉尾王霸鹟是一种美到让人无法忘记的鸟，身上有着灰色的花斑，两片长长的尾羽上也有，和其他鸟比起来透着一丝高傲。米吉林喜欢在牛棚里看到它。

机灵鬼迪托环顾四周，确信没人经过那里，大着胆子靠近米吉林，凑到他耳边，说道：

"米吉林，我觉得我们最好什么都不要问特雷兹叔叔，也别告诉他爸爸打了妈妈，知道不？迈蒂娜说过，发生的一切都是假的……米吉林，我会去问问伊西德拉姨婆你能不能出来。你在这儿待了很长时间了……"

迪托是个好人，只是不该和迈蒂娜说这些事儿。迈蒂娜爱喝甘蔗烧酒，只要有机会，就开始胡说八道。她很老，老到都不记得自己的年龄。大伙儿都说她是从囚禁人的笼子里逃出来的黑人，被发现时泡在洪水里，那时候妈妈都还没出生呢。西卡经过这里，带着她的娃娃。其实那不是什么娃娃，只是一个裹着破布的木薯。西卡说那是她闺女，还给它起了名字，搂着它，亲吻它，给它喂奶。这次，西卡没有捣乱，我也不知道为什么，甚至还猜想米吉林一定会口渴，尽管连他自己都想不起来自己口渴了，西卡对他说："米吉林，你是我的弟弟，你肯定渴了，我去给你弄一大杯水来……"有一天，爸爸冲西卡发火，揪了她的耳朵。

之后爸爸想喝水，西卡去拿。嗯，就在走廊中间，生气的西卡往水杯里吐了口唾沫，用小手指搅了搅，这样爸爸就不会知道她往里吐了唾沫。西卡就是这么有趣，这么直率，鬼点子多，虽比德烈丽娜小很多，却最会玩儿，她站在那里唱着完整的歌谣，迈着年轻的舞步，让大家都围着她转圈。迪托还没回来。

现在回来了。但是在一片狗的叫声中，大家听到特雷兹叔叔的声音。他说，农场那边用锄头清除植物的工作突然停下了，因为雨来了，而且会是大暴雨。他继续说："在低地丛林中巨嘴鸟喝水的地方聚集了一大群巨嘴鸟，叫着，聊着，像人一样唱着歌……"特雷兹叔叔带回来一只死了的兔子，血乎乎的，脑袋冲下。那群小狗跳着，叫着，滚成一团。特雷兹叔叔朝着正在嗥叫的卡拉特尔的嘴上打了一下，那四条狗，卡拉特尔、卡蒂塔、索普拉多和弗洛雷斯托就跑开了。那条叫塞乌诺梅的狗几乎站立起来，舔着兔子脸上的血。"哎，米吉林，你今天站在刑柱上示众了？"特雷兹叔叔玩笑着说。接着，为了看兔子，收拾兔子，大家带着兔子去了厨房。米吉林不想去，也不想接受特雷兹叔叔让他出去的许可，反而思考着：难道其他人决定让特雷兹叔叔在家里也能做点儿主了？那么，只要我们服从他，离开受罚的地方，就不算太糟。

在那一整天里，还有其他被猎回来的死物。那只小兔在森林边上肯定有个洞穴，它只在黄昏时分出来，想要觅食，想要玩耍，活泼的、机灵的、森林里的小兔，熟练地动着小嘴，直着身子跳跃，屁股坐在地上，沉思着，两只耳朵不停抖动着。它肯定还有个同伴，或丈夫，或妻子，或兄弟，此刻正在森林边上它们一起居住的地方孤独地等它回去。"米吉林，你妈妈在哪儿呢？"特雷兹叔叔试探地问。妈妈当然是把自己关在屋里，躺在床上，处在黑暗之中，当她哭泣的时候总是这样度过的。猎杀最多的是犰狳，那里有好多犰狳，哪种都有。穴居犰狳居住在具体的洞中，我们用工具撬开它的洞，就会看到：地底下一条长长的隧道，全部呈之字形，其中还有其他洞，已经弃而不用，不再是犰狳的家，或者它们偶尔住一下，或者已经倾斜，以便它们逃生。多么健硕，多么矫捷，这样的身体只为了赴死，难道人们要消灭它们？那只犰狳在猎狗们的追捕下狂奔，鳞甲发出一阵响声，鳞片竖起，几乎发出一声尖叫，可怜啊。"哦——"随着猎人的喝声，猎狗们伪装成了魔鬼。犰狳抬起尾巴跑着，挖开之前挖好的洞，一次性竖起所有鳞片，钻了进去，太快了，太快了，米吉林盼望着能够见到那只犰狳成功逃脱。

可是，伊西德拉姨婆从她那昏暗的房间里走出来，手上拿着那只镂空花布垫子，抓住了特雷兹叔叔。"孩子，你怎么还在这里？"她希望米吉林走远一些，不要听到她要对特雷兹叔叔说的话。米吉林停下脚步，站在门边，侧耳听着。伊西德拉姨婆正在说什么呢？她在命令特雷兹叔叔离开。她还说了许多令人难受的话语，夹杂着一种不同寻常的短暂的咆哮。她强迫特雷兹叔叔离开，马上就走，再也别回来。她说，因为一些事情，家里会有吵架和死人的危险，会拆散这个家。特雷兹叔叔甚至一言不发。空气中弥漫着雨的气息，我们甚至已经预感到大雨将至，在这种情况下，她怎么能够让他离开呢？！特雷兹叔叔只问了句："我连句再见都不能和尼亚妮娜说吗？……"不，不行，不可以。伊西德拉姨婆干瘦的身躯，脸颊上的黑痣，和那伸展开来的、长长的皮肤细纹，透出她的冷酷无情。她伸长了脖子，改变了腔调，给人一种危险、红色恐慌的感觉。在听到那些话之后，虽然没有咒骂，但米吉林开始害怕了。啊，特雷兹叔叔必须得离开了，悄悄地，轻轻地，否则等爸爸回来了，家里就有死人的可能了。爸爸应该正在回家的路上了，因为要下雨了。伊西德拉姨婆骂特雷兹叔叔是杀了兄弟亚伯尔的加音①。米吉林吓得发抖，害怕听到大人们的这些胡话。特雷兹叔叔可以逃跑，从厨房的门跑出去找个地方躲起来……就好像他很久以前做过的那样……他抓了一把吃的，披上棕榈皮做的蓑衣，为了避雨，但是他必须离开，为了避免家里发生那种巨大的危险……

---

① 腹地地区主要信奉天主教，故本书涉及《圣经》的人名均依照思高本翻译。下同。"亚伯尔"和"加音"在和合本中的译名为"亚伯"和"该隐"。

"赶快走，米吉林！你怎么能躲在门后偷听大人们说话呢？"

说话的是德烈丽娜。她顽皮地从背后抓着米吉林，看似戳穿了他，但这有效果，米吉林不得不跟她去了厨房。

罗莎和玛丽亚·普雷蒂尼亚马上就要做好晚饭了，罗莎不喜欢孩子们在厨房里待着，但托梅齐尼奥正在西洋接骨木柴堆上面睡觉，可巧那只猫也睡在那里，几乎靠在托梅齐尼奥的身上。"妈妈也一起吃晚饭吗？……"米吉林问罗莎，转而又继续问道："还有迪托呢……？""孩子，别猜了。你过来看看这场大雨，瞧瞧这下的，过来……"米吉林坐在倒空了的原本装脱壳麦子的木桶上。不止托梅齐尼奥，米吉林也喜欢睡在西洋接骨木柴堆上，但罗莎此刻正把他往外哄。玛丽亚·普雷蒂尼亚在碗里捣着洋白菜。她的牙很白，很有趣，仿佛突然间它们占据了一大片地方，轻轻摩擦出一丝洁白。至于那只叫阔阔的猫，这么叫它是因为在托梅齐尼奥很小的时候，大家教它念"卡——托"①，可是它那小舌头只能够发出"阔"的音！这只猫一般只待在厨房的木柴堆或者炉灶上，有时会去外边的空地和菜园。那都是猎狗们的地盘。但当这只猫想要去房子前面的空地上玩耍时，猎狗们就会聚集到那里，机灵的猫四处跳跃，迅速踩着支撑往上蹿，同时也很勇猛，用爪子挠

---

① 葡文 gato，意思是猫。为了便于理解，未严格音译，使"卡托"和"阔"的发音接近。

着，身子扭动着，发出愤怒的噗噗声，吓得猎狗不敢上前。为什么不给它起一个真正的猫的名字呢？比如常见的"帕帕·拉托""西古林""罗芒""阿莱克林·罗斯马宁""梅略雷斯·阿格拉多斯"？如果叫"雷·贝洛"……不可以吗？即便是"阔阔"这个名字，后来也几乎没人再这样叫，这只猫没有名字，几乎没人重视它。但它自己重视自己，它那双长在坚硬胡须上面的眼睛告诉人们，它就是自己的主人。它无时不刻在睡觉，觉得这就是生活的意义。雷·贝洛……托梅齐尼奥梦见了他早已遗忘的事，哭醒了。

"嘿！她！快跑！快把衣服都收回来……别忘了看看门口，窗户上……"

才刚吃完饭，大家都跑到屋前的小空地上，去收那些依然晾在外边的衣服。起风了，大滴大滴的雨落下来，下起了闷热的雨。猎狗冲着人们叫起来。风呼呼地吹，似乎想要攻击大家。米吉林帮着收衣服，外面挂着的任何一件衣服都不能落下……他感叹那些破旧的衣服、迪托的裤子、德烈丽娜的衣服……"你快进来，风会把你吹走的……""看看前面那块儿地方，风雨太大了，丛林都要完蛋了……"是迪托在喊他。椰子树，牛棚上面的椰子树弯了，曲了，那一排排老椰子树折了。风嚎叫着：呜……呜……。吹到椰子树的叶子上。罗莎走过那里，把之前放在牛棚边上的木桶拎走了。三个男人站在屋檐下。他们是来取熏肉的锄地工人，熏肉是他们的报酬。三个人想说大家从没见过这么大的雨；他们不知道下这么大的雨自己怎么回家，怎么把东西带回去；他们有些沮丧，却装作有些欢喜。突然，一声巨响。原来是风吹断了牛棚边上山毛榉的树枝，把它甩到了房子跟前。大家全都吓了一跳。还有那雷声！雷声震天，一次次地轰鸣着，大家捂住耳朵，闭上眼睛。迪托和米吉林抱在一起。迪托并不害怕，只是略带严肃地说："为了妈妈、爸爸和特雷兹叔叔的事，老天爷生我们的气了，降下这场意外的雨……"

"米吉林，你怕不怕死？"

"很怕……迪托，但我害怕的是孤独地死去。我希望我们大家死的时候是在一起的……"

"我怕死。我不想这么小就升天。"

他俩说着说着突然停了下来，只停了一呼一吸那么短的时间。

"迪托，咱俩说好，管那只猫叫雷贝尔怎么样？"

"可是不行啊。它的名字叫索索尼奥。"

"也是。呀！是谁在说话？"

"我想应该是迈蒂娜，和牧人热。我没在意。"

一个更大的雷打下来，吓人一跳。穆通—穆通山的雷鸣是世界上最可怕的，仿佛能够把搭房子的木头柱子掀翻在地。

暴风沿着窗户缝儿推着雨水流了进来，地板都淋湿了。米吉林和迪托时不时地看看哗哗作响的屋顶。他们住的房子很旧了，有一次大雨把屋顶的一块遮篷冲垮了，掉在过道中间。暴风雨。雷声轰轰作响。"老天在咳嗽呢……"其中一个锄地工人说道。田野上的鸟吓得发疯一般，可怜啊。橙腹歌雀，那么小一点点，在阳光下泛着蓝色的光芒，叮铃叮铃，亮晶晶的，如上好的蜜一般，唱得很动听……"那是食果橙腹歌雀，它应该受到惩罚吗，迪托？""迪托，爸爸说：下雨的年份是完美的？……""米吉林，不要在这种时候说这些话。"

"所有人，做祷告啦！"德烈丽娜喊道。西卡和托梅齐尼奥躲在床底下。这会儿人到齐了，一个也不缺，所有人都跪在圣龛面前。妈妈亦如此。伊西德拉姨婆点燃了圣烛，烧起了圣木，这会儿屋里更加通亮了。圣芭芭拉和圣热罗尼莫能拯救世人于水火，祷告的是颂歌！米吉林吹掉了罗莎衣服上的脏东西。是刺球么？当牧人驱赶牛群穿过荆棘丛时，他们的皮外套上，甚至是肩头，都会粘上小刺和那种刺球。迪托知道怎样才算跪得正确吗？为了装饰圣龛里面的圣人，大家放了一条由孤共鸟和巴西拟鹂的鸟蛋做的项链，用线交替着穿起来，一颗孤共鸟蛋，一颗巴西拟鹂鸟蛋，然后再一颗孤共鸟蛋，一颗巴西拟鹂鸟蛋……巴西拟鹂鸟蛋呈现一种渐渐褪成绿色的淡蓝色，而孤共鸟蛋则呈现淡淡的巧克力色……如果所有人聚集在一起，借助一种由于畏惧而凝结起来的力量进行祷告，那么暴风雨会不会在一瞬间停止？米吉林吹了吹他的手指，在一种舒适的安慰中感到愉悦，非常非常愉悦。

他有信念。他自己知道吗？只是越来越多人所推崇的，会让一切往下落，逐渐暗淡，不再出现在记忆里；仿佛沉入一口深井的水底。有一次他甚至摸到了死神的衣角。

那天，在午饭时分，他米吉林差点死过去！原因是他吃着饭，喉咙里突然卡了一根小小的鸡骨头，一切都那么的……意外……死亡……都没时间去想是怎么回事，就只是哪里错了，完完全全错了，就是死亡，没别的，唉！更突然的是，他当时已经站在了长凳上，由于他站起来了，就没让爸爸和妈妈帮忙，只是在那一刻，他还在转着桌子上的菜——这么做意味着祝福，他以前听人说起过的。他站在长凳上，不知道眼睛该往哪儿看，就只是往上看！手里比画着大十字，喊道："以圣父的名义，以圣子的名义，以圣灵的名义！……"（他自己细细听着那声音，那个声音，是他在向自己道别；那个声音，是他在向其他人道别：所有的哭泣和力量聚集在那个声音中，还有一种结束的勇气，像闪电一样，刺穿一切……）从突然发生这一切开始，米吉林仿佛高高飞起，飞到一个很高很高的地方；那是爸爸在拍打他的后背，妈妈在给他喂水，而他，和他们所有人拥抱，放声大哭，从卡在嗓子眼的鸡骨头中得救了。"这信念！"伊西德拉姨婆用她那双鱼泡眼紧紧打量着米吉林，这眼神常常让大家躲避。"瞧瞧这孩子的信念多强大！……"伊西德拉姨婆跪在地上。自那天起，米吉林再也不愿意吃鸡翅膀了，也不让他的兄弟姐妹们轻易吃到。可是迪托吃了，悄悄地、背着他吃的。托梅齐尼奥和西卡也吃了，故意地，只为了抗议，他俩手里拿着骨头，在米吉林面前显摆着，嘲笑道："傻子米吉林！……疯子米吉林……"

伊西德拉姨婆对迈蒂娜很反感：

"没受过洗礼的黑人，滑头一个，就会赖在厨房，嚼着烟，对着她那些非洲神灵求啊拜的！迈蒂娜，过来跪下！"

迈蒂娜全不在意，一点都不。她走过来，和其他人一样跪下来祷告。她的祷告就是咕咕哝哝，没人听得懂；就算说得正确一些，直白一些，也听不懂。罗莎说，迈蒂娜的祷告有些粗野："圣洁无瑕的玛利亚万岁，领着耶稣，把他放进牧草袋里……"迈蒂娜是黑人，黑得非比寻常，黑得让人嫌弃，黑得粗俗丢人，黑得如公牛一般。当她烧酒喝多了的时候，立马会冒出一堆我们不可以听的话，罗莎说那些是小孩子不知道的词儿，长大之后才能了解的事儿。而后迈蒂娜倒在地上，任由裙子散开来，露出两条黑色的腿。要么，就时而大叫："科林塔①，登场！……"随即拍起手来。对此妈妈解释过：在很多很多年以前，在他们居住过的另一个地方，有一次，迈蒂娜去看舞剧，剧院里有一位跳舞的姑娘，迈蒂娜这一辈子从没见过这么靓丽的人，因为当时跳舞的那位姑娘叫科里纳，所以每当迈蒂

---

① 迈蒂娜喝醉后口齿不清，说了个与"科里纳"发音相似的名字。

娜喝醉的时候，就会模仿剧院里的观众鼓掌。"妈妈，剧院是什么？"米吉林问。"剧院是这样的，基本就跟马戏场似的……"可是米吉林也不知道马戏场是什么。

"迪托，你能想象出来马戏场的样子吗？"

"就是一个姑娘站在马背上飞奔，一群小伙子用白面粉涂在脸上做装饰……这是特雷兹叔叔说的。在一个很大的房子里，四周围着布。"

"迪托，爸爸呢？特雷兹叔叔呢？这雨下得太大了……"

"孩子们，注意了！别再叨叨了，画十字！而不是祷告……"伊西德拉姨婆斥责道。她又转而去责骂迈蒂娜，嫌她一直在说些不合时宜的丑陋的词语，命令她回到厨房去，那是妖孽应该待的地方，在火焰的炙烤下，搅弄着燃烧的灰烬！迈蒂娜按吩咐去了，蹲在那里等着。当她没喝多的时候，其他人的命令她都会遵从，可只要一撒起酒疯，没人敢命令她做事。伊西德拉姨婆朗读着《玫瑰经》的第三部，其他人必须跟着读，她大声告诉大家，妖怪正在我们的房子里盘桓，男人们已经意识到了它的存在，我们需要做祷告来避免遇见它。妈妈小心翼翼地表示，伊西德拉姨婆不应该当着孩子们的面说这种事。"孩子们需要知道，大家一起祷告的力量。他们的纯真无邪能够使我们远离严厉的惩罚，远离已经在我们中间出现的、令大家备受煎熬的罪过。你最应该明白我的意思了，我的闺女！……"妈妈垂下了头，一言不发，她真是太美了。看起来伊西德拉姨婆有点怨恨妈妈？她不是她的妈妈，只是她妈妈的妹妹。妈妈的妈妈是本温达外婆。在去世之前，她一生都在祷告，不论白天黑夜，一心向主，她每天想做的就只是祷告和吃饭，即便是责备孩子们，也是温柔的。一个牧人悄悄告诉迪托说，本温达外婆年轻的时候是个随便的女人。随便的女人的意思是男人们会去她家里，而她去世的时候会下地狱。只听伊西德拉姨婆说："……只把家门向外开……"说的是我们的家么？妖怪会钻进女人的身体里，把她变成可怕的荡妇……伊西德拉姨婆是不是不喜欢妈妈？否则，为什么总是挖苦、折磨她？米吉林想着能够紧紧地拥抱一下妈妈，亲吻一下妈妈，就在此时此刻。啊，不过伊西德拉姨婆年纪大，妈妈年轻，姨婆肯定会先死。在圣龛上的小布袋里，存放着裹起来的、重新缝好的脐带头，家里所有孩子的都在，兄弟们的，姐妹们的，米吉林的也在。这样存放可以避免被老鼠啃，如果谁的被啃了，谁长大之后就会变成贼。此时此刻，正如那些祷告词所讲的，米吉林会永远爱妈妈，要变成乖孩子，顺从的孩子，就像上帝一样。做主教的孩子是幸运的，如同鸟儿飞翔的自由天空……米吉林的膝盖休息了一阵，又疲惫了一阵，疼痛的是身体，只有一点点疼，几乎不太疼。但是托梅齐尼奥掰着指关节玩儿，而后，又往外揪着鼻头玩儿。西卡高声祷告着，她的声音是他们中最甜美的。德烈丽娜看起来像圣人。大家都说她像圣人。屋外的猎狗们，是不是因为雨太大而不见了踪影？一定是跑到车篷子底下去了。"要不是这些狗，我们怎么能在这里继续生活呢？"爸爸总是这样说。它们保护着家畜。如果没有它们，一到晚上，狐狸啊、鼹鼠啊、暴躁的白头鼬啊、让人害怕的美洲豹啊，甚至是狼，米纳斯吉拉斯州的巴西狼，就都来了。清晨时分就会发现，晚上来过的巴西狼留下了一撮撮毛，猎狗们在围墙的木柱子底下嗅出狼身上的骚臭味，有的狼甚至还尿了血。还会发现挣扎的树栖蜥，用那剪刀似的尾巴驱赶着猎狗。狼的嚎叫很难听，比狗的叫声更惊悚、更悲壮。还有巨蟒！巨蟒白天来，在鸡笼里抓鸡吃。猎狗怕它吗？巨蟒是人们能想到的最恐怖的蛇。一条巨蟒压制住那条叫弗洛雷斯托的猎狗，咬住它一只耳朵来稳住它，想要盘卷在它身上，以便能够在不折断骨头的情况下将它制服。巨蟒已经在狗身上缠绕了两圈了，爸爸过去帮忙，但枪不好瞄准，爸爸就用刀去砍，他说当时巨蟒故意将身体变硬，以抵挡锋利的刀刃，刀的杀伤力降低了。有人说，早些年在特伦滕那个地方，一条年老的巨蟒潜入一栋房子，张开血盆大口，流着满嘴黏液，把一个小男孩吞了一半……

米吉林和迪托同睡在一张床上，紧挨着托梅齐尼奥的床。德列丽娜和西卡睡在爸爸妈妈的屋子里。

"迪托，我发愿，等雨停了，爸爸和特雷兹叔叔就会回来。他俩不会吵架，不再……""爸爸会回来，特雷兹叔叔不会。""迪托，你怎么知道的？""我知道他不会回来。我就是知道。米吉林，你喜欢特雷兹叔叔，可我不喜欢。这算是罪过吗？""是吧，可我不知道。我也不喜欢伊西德拉姨婆。我不喜欢她已经很久了。你觉得我们应不应该向圣人保证我们喜欢所有的亲人？""等我们长大了，我们就会喜欢所有人了。""可是，迪托，等我长大之后，会不会也有那么一两个小孩儿，就像我现在一样，并不喜欢我，而且我也不可能知道？""我喜欢迈蒂娜。她会下地狱吗？""会的，迪托。她是没受过洗礼的妖女……迪托，如果突然有一天大家都生我们的气了，爸爸、妈妈、伊西德拉姨婆，他们会不会在黑暗的雨夜赶我们走？而小小的我们都不知道该去哪儿？""睡吧，米吉林。如果你一直这样想，该做噩梦了……""迪托，咱们俩要在一起，一个永远陪着另一个，即便我们长大了，也要陪伴对方·生好吗？""嗯，我们会的。""迪托，明天我教你怎么布置陷阱，我已经学会了……"

迪托突然就睡着了，托梅齐尼奥也是。米吉林不喜欢在黑暗中闭着眼睛。他不想平躺着睡觉，因为那样的话就会走过来一个恐怖的女人，坐到他的肚子上。如果两只脚露在被子外面，就会有一只冰冷的活人的手来抓他的脚。小枕头散发着香气，里面装满了母菊。明天，雨就要停了，会给他带去另一番乐趣。他会和迪托一起布置陷阱。现在，就连那嘈杂的雨声听起来都很美，不再夹杂着风的呼啸声。特雷兹叔叔都没有跟他告别。此刻，特雷兹叔叔在哪里呢？很久之前的一天，特雷兹叔叔把他带到丛林边上，去砍巴西竹子。他俩砍了一捆儿竹子，扛着走。"米吉林，这小捆儿竹子对你来说会不会太重了？""不重，特雷兹叔叔。如果我们可以走慢一点——其实我们确实需要走慢一点——而且不会有人冲我们喊、催促我们走得快一点的话，我觉得对我来说一点也不重……""米吉林，你是我的朋友。""好朋友，成年人的好朋友吗，特雷兹叔叔？""是的，米吉林。我们是朋友。你比我有头脑多了……"现在回忆起来，那次应该就是特雷兹叔叔在向他道别。特雷兹叔叔不像加音，一点都不像，他像亚伯尔。毫无疑问，雨来自四面八方，来自遥远的地方，来自米吉林去过的所有地方。这些地方是保罗舒、巴尔博兹的大庄园、帕拉卡图——那个米吉林不知道大家把他的"斑鸠"也就是亲爱的平戈·德欧罗带到哪儿去了的地方，妈妈的家乡阿巴埃特司令部村，爸爸的家乡布里蒂斯-多乌鲁库亚，还有他去过的其他地方——苏库里茹，还有他们去过的庄园、走过的小路……米吉林此刻畏畏缩缩，吓得心怦怦跳，快要窒息了。一个人，一个大活人，不声不响地站在床边，突然出现，用手探了探他的身体。米吉林吓得紧闭双眼，屏住呼吸，时间是那样漫长，仿佛没有尽头。是伊西德拉姨婆。当她看见他的时候，以为他已经睡熟了，就亲吻了他的额头，声音很低地说："我的孩子，我的宝贝，今天多亏上帝保佑了你……"

夜晚，外面下着雨，风掀翻了屋瓦。雨下个不停，连托梅齐尼奥尿湿了的裤子都没法晾晒。在猎狗们的晨起吠声中，爸爸回来了。他和大家一起吃午饭，没有生气，也没说什么。只是即便爸爸、妈妈和伊西德拉姨婆在不那么放松的时刻，包括今天，也不会相互聊起大人之间的事情。相反，他们每个人聊的都是关于孩子们的，诉说着他们捣蛋的事情。爸爸说米吉林已经到了可以认字、可以帮着干活儿的年龄了，但是在穆通没有人能教人识字。寄养在奥斯孟多·塞辛舅舅家的利奥瓦尔多算是幸运的。塞辛舅舅是妈妈的一个兄弟，住在里索尼亚圣罗芒村。米吉林不爱听这些话，立马躲进了谷仓，那里的屋顶经常漏雨。每当天放晴的时候，愁眉苦脸的太阳就会出现在天边。蜜蜂和黄蜂随之出现。它们特征明显，色彩鲜艳，停在储糖箱上静静地吮吸着蜜糖，吸了很久，看起来好像死了似的。

迪托没有陪着米吉林，他说他需要去听一听大人们所有的谈话。米吉林不想长大，不想成为大人。大人之间的谈话总是重复的、枯燥的话语，还得有必要让孩子们听起来有些残酷、有些吓人。不知什么时候，那只叫索松伊的猫进来了。它脚步轻轻地进了仓库，走到谷仓，来抓老鼠。它走进来的时候，那姿态仿佛在向人告别，没一点儿活力。但随后，它先是不情愿似的绕了一圈，而后开始在米吉林身上蹭来蹭去，紧挨着他躺下，发出轻微的呼呼声，表示它很开心。它看着米吉林，看着看着，呼呼声变重了，眼里泛着一种不再那样空洞的绿光，那是在另一种光里的光，另一种光里的光，另一种光里的光，直到没有尽头。

米吉林可以和索松伊待上一阵子，待上好一阵子，它只是在听到那个龅牙小孩进入谷仓时的动静之后才会跑开。那孩子叫马热拉，德奥格拉西亚斯先生的儿子，但是大家都叫他帕托里。

德奥格拉西亚斯先生说起话来很有意思："先生，尼奥·贝尔诺①先生，您可否行行好，给我一点点点钱，很少一点点，来帮助我？""我多么希望能拥有像您一样多的财富，德奥格拉西亚斯先生！"爸爸说。"唉，哪里哪里，尼奥·贝尔诺·卡西奥先生，我穷得跟独木舟底的水似的……我问人借了点钱，买了一匹配了鞍的好马……这才可以经常来这儿，我就像先生您的奴仆，来这儿跟您聊上一聊，希望不会太过打扰……""是呀，在这里，您德奥格拉西亚斯先生是很受欢迎的……"

大家说这位德奥格拉西亚斯先生被教会开除了，因为他曾经在教堂里解决生理需要。但他懂些用药的知识，当有人生病时，他就去给瞧病。他是个鳏夫，住在离那里很远的科绍河谷。这次他大老远过来是为了借些盐和咖啡，再借一块风干的肉，宰了牛之后，他再来还。这次他把帕托里也一起带来了。"过来，米吉林，来帮忙扔石头，他们

---

① 这是书中其他人对爸爸的敬称。"贝罗"是家人对爸爸的昵称。

发现一只特别大的青蛙!"帕托里喊着走了过来。

米吉林不想去,他不喜欢青蛙。他不像西卡,可以提溜着绿青蛙的一条腿,用绳子的一头绑住,另一头拴在围栏的木桩子上。为了不起争执,他也不愿意和帕托里一起玩,因为这家伙既淘气又顽劣。"他的眼神让人讨厌,"罗莎说,"每次我们吃饭的时候,他就偷偷地瞄着,让人头疼……"

"那你过来吧,米吉林,看这里……"帕托里从衣袋里掏出一颗包着纸的糖果。米吉林接了过去。但那是石头,用纸裹着。帕托里笑话他,笑他上当了:"我骗了你,傻瓜,用一块岩盐就把你骗了!……"说话间露出那大而突出的龅牙!"糖我吃了,有点酸,很好吃……"之后,帕托里继续说着,更加不堪入耳的话。"不过,米吉林,现在我要教给你一个东西,你肯定喜欢。你知道小孩是怎么生出来的吗?"米吉林脸红了。帕托里的话净是些粗鄙下流的东西,令人作呕。他驱赶着迪托和托梅齐尼奥,顺口说道:"走开!我不想和小小孩玩!"之后继续给米吉林讲。他假设自己长大后会和德烈丽娜结婚,会和她在床上睡觉。他教米吉林,在吸吮糖果之前,应该把它放在一个漂亮女孩坐过的凳子上,就像艺术一样。他还说,漂亮女孩就应该像米吉林的妈妈一样,有两条迷人的腿……"帕托里,你不许这样说!"米吉林喝止道。"哎呀好啦!我能跟比我小的孩子吵吗?!你个笨蛋!"帕托里戏谑道,说完就去了庭院。而后,趁米吉林没注意,帕托里抓起一把泥扔到他身上，弄脏了衣服。米吉林知道他是不会承认的："我不是故意的，我也不想的……"帕托里总是这样给大人们解释，"我是多么地喜欢米吉林啊……"但迪托来了，看清了来龙去脉。迪托非常机灵："帕托里，你知道吗？牧人萨卢兹正满世界找你要打你呢，他说你偷了他一条用来抓牲畜的套索！"帕托里听了害怕了，跑进屋里，紧紧跟在爸爸身边，寸步不离。

"米吉林，你知道牧人萨卢兹说什么吗？他说特雷兹叔叔住在塔布莱罗布兰科。萨卢兹会把叔叔的马牵过去，把他留在这里的东西也带过去。特雷兹叔叔肯定是在那个地方给莎·塞菲莎小姐干活呢……"

"为什么呀，迪托？他会一直待在那里吗？"

"我觉得他是怕了爸爸了，不想再跟咱们这个家有任何牵扯。塔布莱罗布兰科离这里很远，有十几里格^①呢，在山的另一边。牧人萨卢兹说这样挺好的，特雷兹叔叔最终会和莎·塞菲莎小姐结婚，因为她是个寡妇……"

"米吉林！——"

西卡这样喊着，仿佛自己是米吉林的主人。

"……米吉林，快来，妈妈爸爸叫你呢！德奥格拉西亚斯先生要见见你……"

德奥格拉西亚斯先生微笑着，露出两排闭合不齐的牙

---

① 里格，长度计量单位，1 里格约合 5.5 公里。

齿，仿佛经验丰富的巫医，脸上长满了黄色的、脏兮兮的斑，胡子拉碴的。"啊，米吉林，嗯……到这儿来。"他把米吉林的衣服脱掉，说："啊，嗯，先生，您看到了吧，这孩子的状况可一点儿都不好，我们可以摸一摸老天爷让他长了几根肋骨……要是问我，我会说：要注意了！尼奥·贝尔诺先生，无知的庸医会害了他的。一个不留神，一个疏忽，就是这么回事！他已经发烧了。再就是，正如我所说的那样：一开始疏于照顾的话，就会很容易生病，如今情况更糟了……很多患病的小孩就是这个样子。不过，也不用担心：吃上我知道的一些草药就会没事了，我保证我会带过来的，我会安排好的！……"

"米吉林，我的孩子……"妈妈有些不知所措，把他搂进怀里。"他需要吃药，巫医可治不好病！"爸爸对德奥格拉西亚斯先生的一番说辞嗤之以鼻。

"确实如此，尼奥·贝尔诺先生，您说的很对！"德奥格拉西亚斯先生说。他喝着咖啡继续道："说到药，您得感谢我，是我来到了这片荒芜的丛林，这里什么都缺，非常贫困，没人想到这片满是穷人的腹地来……"

德奥格拉西亚斯先生胆子挺大，这会儿又说起了没办法抓捕那么凶残的罪犯这件事，那个像巴西的"鲶鱼之嘴"一样凶残的人。那人在大街上把人们围困起来，什么都偷，甚至在特伦滕河谷出现了一个害怕他的人，把他要的东西亲自交给他，把泽·伊任的老婆也送了过去，说是借用三天，可最后还回来的时候已经过去一个月了！德奥格拉西亚斯先生在远处啐了一口，"呸，"用手背抹了抹嘴，谴责道，"事情远不止如此，多得不能再多了。为了这些事和其他那些事，我得去写封信！我这就动笔！"他说他正在给州长写信。之前他已经写过一次了，是为了盐的事：当时人们做饭没盐可用了，但是从乌鲁库伊亚出发的驮运队没有打开自己的盐袋，也没向当地人卖盐。就在信差不多快写完的时候，缺的只是一个能把信带去渡口的信使，渡口位于里索尼亚村。

"好了，我现在要走了，我得穿过夫里埃扎的洞穴，走过下面的那片牧场。旅行的艰苦！看，那山涧宽了，里面的水黄了……"德奥格拉西亚斯先生只喜欢在雨停了之后遍访各地，因为他很肯定雨刚停的时候大家绝对在家。他还有一份能收钱的工作，从一些人那里为另一些人收钱。他站起身来，透过窗户查看天气如何。"呃，会不会又要下雨？最好的情况，就是不下雨。你们看，彩虹！"大家都跑出去看，连伊西德拉姨婆也一起去欣赏彩虹了，其实就只是有限的那么一小段彩虹，轻快，优雅。至于米吉林，不，今天不行。他正期待着能够搂着妈妈的脖子，如果她想这样的话。"米吉林，你在嘟囔什么呢？"没什么，是的，他什么都没说。他在祈祷，低声对上帝祈祷，别轻易让他死了。

不过，爸爸有了个主意，说："德奥格拉西亚斯先生，您是读过书的，您愿不愿意给米吉林和迪托开个蒙，让他们摆脱愚昧无知？频率不用太高，星期天或者其他哪天都行。"

对于米吉林来说，这是个坏消息，令他陷入了巨大的恐惧中。如果德奥格拉西亚斯先生教他和迪托的话，他俩长大之后会不会就像德奥格拉西亚斯先生那样？……米吉林和迪托交换了一下眼神。迪托一向勇敢，无所畏惧，他会反对吗？到目前为止没看出来，迪托就那么待着，暂时没说话。但他米吉林就快病死了，所以此刻也没那么在意：

"爸爸，我一点都不想。妈妈识字，她可以教我……"

啊，爸爸听了没有骂他。爸爸变了，脸上突然露出了笑容。一切改变就发生在那一瞬之间，飞快的改变，气氛，那些人、那些事，轻微的、细小的变化，简单而有序——因为爸爸爱妈妈。从他的表现和他的眼神来看，他是多么想和好；他因此变得更年轻了。而妈妈，那么美丽，只是为了喜欢她，所有人都喜欢她。米吉林就是米吉林，他的感觉很准，他感受到了周围的快乐。爸爸爱妈妈，很爱，非常爱。甚至为了让她高兴，他一边爱抚着米吉林的头发，一边开着玩笑说："尼亚妮娜认得字，可她没多少耐心……呃，尼亚妮娜记不住数字，做不了算数……"所以德奥格拉西亚斯先生想要成为教书先生？

可是德奥格拉西亚斯先生挠了挠胡子，自以为庄重地说："好吧，尼奥·贝尔诺先生，您现在一定在猜那个在我脑子里已经成形很久的想法是什么，我确实想了很久了……但不可能每时每刻都这样。我需要让人准备好写字用的纸、识字用的课本、尺子和其他用具……还需要找一块地方，叫上这里的和周围的一定数量的孩子，得是确实需要识字的孩子，这样才有意义。大家好才是真的好……让多数人受益嘛。"面对夸夸其谈的德奥格拉西亚斯先生，那一刻，大家真怕他老了之后会变成疯子。

好在德奥格拉西亚斯先生和帕托里离开了。"虽然开始得晚，但这样可以直接教一些识字规则！"伊西德拉姨婆称赞着。"是个好人，就是太精明太做作了……"爸爸凭感觉说。米吉林觉得德奥格拉西亚斯先生是来求施舍的，但迪托从别人那里听说："哦，不是的，米吉林。他是替一个城里人来要钱的，可爸爸说还没准备好足够的钱交给他……"这么看来迪托在撒谎！不过伊西德拉姨婆很反感阿里斯特乌先生。他住在蒂庞河谷，也懂得治病开药，妈妈想让他们把他叫来给米吉林瞧瞧。爸爸说："他只是看上去懂而已，不过是个和我们一样的贫苦乡下人……"爸爸还说阿里斯特乌先生只是在打猎的时候提供些帮助罢了，因为他了解动物们的习性，知道它们经常出没的地方，比如貘喜欢去的地方、刺豚鼠的路线和鹿的足迹。他会在这些地方留下标记，等待猎捕。有时候他也会帮助驼畜队指明家畜逃跑的方向，带领大家给公牛疗伤，鼓舞大家战胜鼠疫。阿里斯特乌先生在房子周围养了许多欧洲蜜蜂，还有凶猛的丛林蜂，他是唯一一个拥有养蜂技能的人。"他长得又高又帅……"妈妈说，"还会拉琴……""可他是从妖怪那里学来的知识，净瞎预言……"伊西德拉姨婆反驳道。

可此时的米吉林身体状况确实很差，都有可能病死，加上那深深的忧伤，仿佛雨后的树叶沉重地低垂着。他不思饮食，不想下地，只想在不会被注意到的时候睁开眼睛。其他人多好呀，托梅齐尼奥，迪托，西卡，德烈丽娜，还有玛丽亚·普雷蒂尼亚，没一个生病的。就他，米吉林，就只有他病了。之前他和特雷兹叔叔出去游历了一番，到苏库里茹接受坚信礼，一路上见识了不少，如今也没有其他见闻了。因为生病，他整天忧心忡忡的，这就是事实。大家都知道他病得很厉害，他们一定谈论过这件事。也有其他药，难看的、苦涩的、糟糕的药，吃了让人疼痛的药，这些药吃着让人受罪！但是米吉林吃了，不止一次，他无所谓，只是抱着治愈的希望。他自己还是想到德奥格拉西亚斯先生家里去，到那个爱吹牛的、本名叫马热拉的、也就是帕托里的家里去。德奥格拉西亚斯先生确实有这种权威，在那里米吉林可以随时吃到药。当然他们有可能会捉弄他，但是不要紧，每一天他都恢复一点点，等病好了就回家。可是德奥格拉西亚斯先生送来的只是那些大家不太在意的东西，就只有李叶苏木和水豚油。即便如此，米吉林还是时不时地吃了。就只是他在吃。这会儿他在想兄弟姐妹们和亲人们对他的嫌弃——也不完全是嫌弃，是他们不了解，不高兴。他没听到迪托抱怨，托梅齐尼奥没有，西卡和德烈丽娜也没有，当他们来到他身边，当他看到他们的时候，他和他们之间只有关爱。但是，当他独自一人就这么瞎想的时候，就会觉得他们所有人都嫌弃他。啊，可是谁应该生病呢？谁应该死去呢？反过来说，为什么不能不是他米吉林呢？也不是兄弟姐妹中的任何一个，而是大哥利奥瓦尔多呢？大哥住在遥远的地方，远得都听不到他的消息，也不会想到他。

　　一连下了好些天的雨。雨，绵绵细雨，闪电。闪电是不能说的，因为它会给人们带来厄运。更糟糕的是，米吉林已经期待能够来到伊西德拉姨婆身边："姨婆，现在我们要祷告很久吗？"哦，因为伊西德拉姨婆极为固执，极为勇敢，所以她应该有能力召集大家共同为他米吉林举行祷告，祝祷他所需要的健康。为此，他甚至连下雨时的雷声都不怕了，祷告只是为了让他康复，不会死亡。但是，聪明的他佯装不知，也不想告诉别人这个真实的目的。即便他说了，别人也会用相同的话回应他；如果他说了，别人就会顺理成章地认为他确实快死了，并习以为常。"姨婆，现在我们要在神龛面前祷告，要点蜡烛了吗？"米吉林再次乞求着。"不，孩子……"伊西德拉姨婆回答说不，"离我远点！"她说那点雨量不够，无法点燃蜡烛。作为孩子，我们是无法要求任何事的。但是，米吉林，他自己，必须得坚持祷告，独独为了他自己，没有其他人，没有其他人的帮助。他开始了。他需要的。他的信念起了作用，说道：助我主上帝能让奇迹降临。米吉林期待奇迹。可是，他这么小小的一个孩子，现在谁能知道他那一点点信念还在不在？会不会已经用光了？米吉林丧失了勇气。"姨婆，您之前不是还说，我对上帝的信念是很强大的吗？""你真是没羞没臊，没脸没皮！胆子也太大了！……"

　　大家心里充满了悲伤。尽管如此，伊西德拉姨婆还在责备他，劝他不要湿着脚走在雨里。这有什么用呢？对于一个运气不好的人来说，这有什么用呢？在雨丝中，彩虹露了出来，美丽，令人沉醉。好像有人从它下面穿过去了。嗖！——男孩变成了女孩，女孩变成了男孩，之后是不是就不会变了？天放晴了，鸟儿们落下来到水坑里喝水，使得水滴在树上和地上滚动着。蓝肩裸鼻雀俯身喝水之前，在用嘴梳理着羽毛。棕腹鸫跳来跳去，往前跳跳又往后跳跳，它压根儿不知道有什么可怕的。那对红领带鵐，一刻不停地到处跳，跳了三拃多远。还有那紫歌雀，它是所有鸟中最小的，选择了一个最干净的水坑——它的模样倒映在水中，仿佛深深吸引着它。这一切多么完美！他米吉林得想办法在老天爷的帮助下恢复健康。他问迈蒂娜，确实，他不该这样做，谁又说得清呢？

　　迈蒂娜喜欢他，当然，以前很喜欢他，很久很久以前。现在米吉林已经不记得了，仿佛是记忆自己忘却了。有时候，迈蒂娜会一直做饭，一做就是几个小时，就在那口大大的平底锅里做着什么东西，那口黑色的锅，架在用松散的石头堆成的"三脚架"上，就在那个和房子相连的舒舒服服的地方——耳房，那是她住的地方。那原本是房子的最低处，后来砌起了围墙，大家称之为"后建房"。那里一片漆黑，即使是白天也几乎只有火苗燃烧时发出的微弱的光。米吉林还太小，任何东西都会令他恐惧。他独自一人来到耳房，发现那里一个人都没有，只有迈蒂娜一个人坐在地上，大家都说她是妖女，如此这般隐藏的黑，和死亡一样的颜色。米吉林看到了她，就开始疑惑自己所看到的，他的眼睛看到的是：什么都没看到，只是明白了四周的黑暗越来越邪恶，那火舌，仿佛一片幽暗的丛林，在那里绿色会变成黑色，而那火苗努力斗争着，不让黑暗统治世界，未照亮的地方随着烛光轻轻晃动。米吉林吓了一大跳，吓得叫出了声。他摸到迈蒂娜的后背，抱住了她。啊！他想起来了！是呀，因为所有一切回归自然，突然间，迈蒂娜把他架到脖子上，轻缓地，柔和地。接着是慈爱的抚摸，亲昵的话语。这是米吉林没有预料到的，因为在这之前和这之后都没有发生过。迈蒂娜用她那乱糟糟的土语安慰着他，哄他入睡。米吉林如同听着一曲舒缓的长歌，闭上眼睛，避免和她四目相对，但他想就这样彻底地入睡，不再有恐惧。迈蒂娜嘟囔着，咕哝着，她的语言听起来居然很美，他明白这只是一种爱的表达。那天，迈蒂娜是那样爱他，以至于后来拉起他的手，走到厨房门口，之后大叫，呼唤着家里的人，一边怒吼一边往回走，彪悍地骂着所有人，挨个骂了个遍，又指着米吉林说，他是那么善良的一个孩子，可是大家，也就是她口中骂的那些人，却对他毫不在意。大家都觉得她又发癫发狂了。

不过，自那以后，就再没发生过同样的事了。余下的日子跟往常没什么区别，大家不可能总能记起那件事，也不会记起。迈蒂娜依旧喝烧酒，喝到歇斯底里，喝到丧失了上了年纪的人应有的理智。所有孩子都想去后建房那里看胡言乱语的迈蒂娜搅弄平底锅；迈蒂娜睡在一个角落里，更显昏暗。她用木勺搅拌着番石榴果酱，一搅就是几个小时，还不停嘟囔着，开始是用我们的语言，后来就变成用她自己的语言了，这很少见。浓烟熏到了米吉林的眼睛，他咳嗽着，挤出酸涩的泪水。"烟去那边，钱来这边……"当冒出来的浓烟弥漫各处时每个人都如是说。只有德烈丽娜喜欢这浓烟："这烟是在找寻美好呢……"伊西德拉姨婆来了，非常突然，沙哑着声音，四处跑着，把孩子们往外赶。嚯！她被这天底下的孩子们气得直跺脚！伊西德拉姨婆，即使在这样的黑暗里也能摸索着走路。她在储物箱里，在隐蔽的地方，在隔墙的洞里，寻到了迈蒂娜用刀削了皮的一些小木棍，那是迈蒂娜的神祇。姨婆把它们都扔进了火堆里，半点儿不心疼！那些是厄运之神，如果迈蒂娜想要亲吻它们以示崇敬，我们是不应该允许的，对于那些魔鬼的化身，那些班图神，我们应该做的是冲着它们从头到脚地吐口水。后来，迈蒂娜跟其他人重归于好了。那阵子，大家根本不知道迈蒂娜会安排什么，一切都取决于她。有时候，她会无缘无故地笑，满不在意；可还有时候，她会歇斯底里地叫，站在院子中间发疯似的骂出心里的话。如果有泥巴，她就会躺在泥巴里，直挺挺地躺在上面。

而现在，此时此刻，米吉林太需要这样的帮助了，确确实实需要一些。我可以让迈蒂娜帮我吗？他想。米吉林没有笑。他渐渐看明白了：没用的。唉，没用的，一点儿用都没有，因为迈蒂娜喝得酩酊大醉。更糟的是，最后大家索性任她喝个够，因为他们偷偷地在烧酒里放了一种药粉，是一种能让她厌倦烧酒的药粉，这样她就可以不知不觉地戒掉酒。然而并没有起效。他们可以把那东西藏起来，往酒里倒很多，可那土制药品压根儿没有起效。相反，迈蒂娜喝了又喝，喝完还要，把烧酒喝了个精光。大家为之做的一切，都是错误的。

那罗莎呢？米吉林问罗莎："罗莎，人得了结核病是什么意思？""孩子，不要说这个。结核就是痨病，这些病会伤到肺，人会变瘦，不停地咳，咳到吐血……"米吉林听了，跑到谷仓里，发着呆。

"现在你教我设陷阱吧……"迪托想抓鸟了。当冬天悄然过去，绿鹌鹑嘀哩哩地叫着，飞走了，那么美。对于迪托的要求，米吉林无法拒绝。可陷阱没装好，迪托甚至都开始亲自尝试了，米吉林认真地看着他，心想只有特雷兹叔叔才能做到。特雷兹叔叔住得太远了。如果他能回来，米吉林会跟他聊天。"蓝肩裸鼻雀的叫声像笛子……仿佛一个初学者吹的笛声……""特雷兹叔叔，笛子是什么？"笛子是一种乐器，发出的声音是最接近大蓝肩裸鼻雀的叫声的，它们那种咿呦咿呦的叫声……特雷兹叔叔会不会用一根巴西竹子，或者用木瓜树叶的叶柄给他指一只来看？可是，他回过神来，他一定是忘了，根本没有人，几乎没有人有时间陪他，所有人需要做的就是干活。

托梅齐尼奥和迪托在院子里跑着，每人手里拿着一根木棍，假装成两匹小马，各自还都起了名字。"来玩啊，米吉林！"玩抓人游戏。西卡和德烈丽娜也加入其中，猎狗们此起彼伏地叫着。吉冈几乎也会玩这个游戏。米吉林跑着跑着，身体一侧出现了疼痛。他停下来，连喘气的力气都没有。他不想站在那儿摇晃好把疼痛晃走——应该疼一下就好了。可就是这么快，疼痛一旦来临，似乎就不想再离开，所以，在短短几秒内，疼痛也不可能放弃停留在米吉林的身上而轻易离开？会离开的。可是没有用，他明白。米吉林脸上没了血色。他已经染上了结核。所以，他会死，是的，德奥格拉西亚斯先生的药没有用。

"迪托，今天几号？"

看来是快要死了，是不是需要像个大人似的好好思考一番？米吉林用手捂住了眼睛。糟糕的是，当我们需要只去思考那些应该做的事情的时候，脑袋就不受控制了——闪现出来的全都是乱七八糟的想法和接下来有可能发生的事情！比如之前听到的故事，依然健在的索安德先生的父亲的故事，药剂师索安德的故事。有一天，这人觉得自己已经成为一个白璧无瑕之人了，可以享受升天的优厚待遇了，因此感到无比荣耀，他散尽家财，与人道别，然后爬上一棵树，黎明时分，大喊着："好极了！好极了！我要升天喽！……"他跳了下去，想要飞；从河岸摔了下去，重伤在地。"讲完了！"伊西德拉姨婆说着，"总想着要去天堂的人，通常都会下地狱！……"姨婆注视着大家说道。

迪托去看了，也问了，回来说："今天十一号，罗莎查的日历。罗莎说咱们现在用的日历不好，就这个马里亚纳日历①；咱们需要换一种能一页一页撕掉的日历，有很美的图画的那种……""我去看看，马上回来……"米吉林说。米吉林捕捉到了一个想法，几乎是用双手抓过来的。

"让他去吧，迪托。他去拉臭……"米吉林还听到牧人热这样说。假话。他故意编的假话。这是他唯一能够马上离开他们独自待一会儿的办法，他需要独处。他们可能会笑他，至于笑什么他并不在意。此时此刻，他站在那里，走到树后，解开裤子，蹲在地上，假装拉臭。啊，远离大家；思考，嗯，思考！

米吉林用了很多种痛苦的方式重新审视了一下那个想

---

① 马里亚纳日历，巴西马里亚纳市非物质文化遗产，1870年由天主教神父创立，一般包含日历、节假日、月相、宗教指示、日出日落时刻表、天主教圣人、星座、播种时节等信息。

法。那是一个庞大的想法，为此，他得照顾到周围的方方面面。就是这样，就是！他一定会死吗？思考这件事是需要勇气的，在确切的想法面前，他的心黯淡无光。一定会死吗？谁知道呢，就只是这样？所以，他乞求着：和老天爷约定一个期限……三天。在这三天里，如果必须得死，如果老天爷想让他死，他就会死。否则，三天一过，他就不再会死了，也不再会出现凶险的病症，而是康复！米吉林用力地吸了一口气，迅速挠了一下蚊子咬的包，似乎有些开心。可是，这样不行，坏了！一个巨大的坏消息令他震惊：三天时间太少了，疼痛是如此剧烈，他自己都觉得自己无法忍受……那，那就，十天。十天，很好，不管怎样，明天还能有时间开始做那连续九日的祷告。十天，他想要十天，他对此至忠至诚，天地可鉴。

米吉林回到了大家身边。现在，不管怎样，他轻松了许多，祷告令他心安、满足。突然间他意识到，亲爱的迪托是最好的人，从来不会躁动不安，他可以和他玩耍一辈子。迪托仿佛总能帮助他。他米吉林还需要标记一下和老天爷约好的这些日子，他掰着手指头数着。迪托和牧人热不明白他在做什么，但是热也暗中数着呢，米吉林和迪托没发觉。"米吉林，你这是要做什么？得是定下了结婚的日子了？"多嘴的热，话多得很。难道他知道米吉林在做什么，所以才这样笑话他？牧人热是一个说话没条理的人。"啊，这是要……"热继续说着，"米吉林这是要通过数牛群的数量，把它们聚到一起去放牧呀……"

这场雨来得巧，雨后牧草丰美，爸爸之前说，这样一来他们可以开始挤很多很多的牛奶，可以做凝乳和奶酪。一群母牛跟着一头公牛就要到了。那头公牛是一头通体漆黑的瘤牛，名叫里奥内格罗。牛群走到牛棚的一角，停了下来。它们围成一个封闭的圈，头紧挨在一起，露出一圈悬在半空的小尾巴。猎狗吉冈坐在地上，还是那样严肃地看管着牛群，它不喜欢里奥内格罗。这头公牛脾气暴躁，爱踢人。有一天，它袭击了孩子们。当它突然发起攻击的时候，所有人尖叫着，大人们惊呼：孩子们死了！但忽然看到吉冈绕了一圈，而后一跃而起，撞到了公牛里奥内格罗身上，死死咬住它，咬住它的口鼻，坚决不松口，把它撂倒在地。如此三个回合，直到公牛滚到牲口食槽底下，身子完全靠在围墙上。轰的一声，围墙倒了，这声音多么美妙！公牛最终栽在地上，倒在这块儿土地深处。吉冈喜欢牛群中出现混乱，这样它就能够击倒任何一头公牛。吉冈救了孩子们，所有人为它庆功，每当大家杀鸡的时候，总会把鸡嗉囊和鸡肠子烤了给它吃。可现在，吉冈站在那里，舔着水坑里的水喝，即便它此刻就在眼前不远的地方，米吉林还是感到了一丝对它的想念。他有这样的感觉是因为真的快要死了吗？几乎已经过去两天了，还差几天就能完成了。而他，无缘无故地，就放弃了连续九日祷告的计划，剩下的时间不多了，没时间做了。上帝耶稣啊，怎么会这样呢？

他也不再像搞艺术一般胡思乱想了，只是和迪托爬到月桂叶卡姆苏木树上，去摘那些如同弹球一般的果子。托梅齐尼奥不会爬树，非要站在树底下，骂着脏话。"别骂了，托梅齐尼奥，你那些话是在伤害妈妈！"但他俩得教他些其他的脏话，不然他就没完没了地骂。有时候，对于大家来说，最好的时光便是白天托梅齐尼奥睡着的时候。从树上下来的时候，米吉林没直接滑下来，因为一根树枝折断了，他摔到了地上，哪儿都没受伤，就只有裤子划破了，一个很大的口子。算幸运的。但是爸爸过来看他，斥责着，让人给他把衣服补好，还故意让人把米吉林脱光，什么都没让穿，直到妈妈把裤子缝好。就只这一点，米吉林就要羞死了。难道大家都不同情他？觉得他应该为所作所为受到惩罚？即便在这样一个时间点，只剩六天了，和普通的六天可大不一样。啊，如果不是他的过错，他肯定要狠狠地生爸爸的气，生所有人的气，类似仇恨的气，他有这么做的理由。他甚至，有可能，也会生迪托的气！因为迪托也做了同样的事，却没人惩罚他。迪托做任何事都很谨慎，用一种坚定的、合理的口吻回应大人的质疑，没人能揪住他的错处。

这会儿大家渐渐散去，给犊牛们打烙印去了。米吉林也想去牛棚看看，但他没去，他光着身子呢，仿佛刚出生那般，他还正在受罚呢。他听到了一阵嘈杂，感受到了被捆住的犊牛暴跳如雷的样子。牧人热知道怎样才能更好地甩出用来套住犊牛口鼻的绳索，绳索是打了结的。过程是艰难的，尤其当犊牛低着头的时候难度更大。大伙儿用绳子从脖子处捆住了牛。就在大家同时拉住牛脖子和牛腿的时候，爸爸生气了，因为他们做错了。大伙儿用皮带套住牛的脖弯处，绕了两圈，系了个双套结，把它拴到牛鞅上，用两只手将其驯服在地。另外有一个人把牛头紧紧按在地上。还有一个人上前帮忙。犊牛最终吐出了舌头，吼叫着，叫声很难听，就好像牲口被撞击时受到了惊吓，发狂，紧张，撞人，攻击，跳出围栏。因为绝望而疯狂，用头猛撞。甚至有的时候，在跳跃的过程中，一些牛会被围栏上的巴西乳香黄连木的尖刺划伤肚子，后来就死了。爸爸非常生气，气得几乎要哭出来了！他感叹着，说自己很穷，游荡在悲惨的边缘，就像一个乞丐，房子不是他的，那片土地不是他的，农活儿太重了，而且总有损失，最终甚至都无法为家人提供食物。风啊雨的把这座老房子的屋顶吹坏了，他也没钱去修，甚至连让人打一排光滑挺直的木头围栏的原料都没有，就只能用粗糙的木块和带刺的木桩扎了一排，这样的木头对于家畜来说很危险。他还说自己弄不到一头具有优良血统的、两到四岁的小牛，能有里奥内格罗就已经很满足了，虽然它堪称魔鬼之牛，几乎没有所谓的血统。他甚至不能用任何一头普通的瘤牛去替换坎克雷牛①，这种

---

① 从印度引进的瘤牛的一种。

牛很勇猛，没长大时不怎么能产奶，长着大大的角，但始终是真正的瘤牛，有着焦黑的颜色，看起来像印度古吉拉特邦水牛："这头坎克雷牛走在其他瘤牛中间，但没有被牛群所接受……"这是牧人萨卢兹希望看到的。爸爸说的这些话，让大家的心里闪过一丝羞愧。贫穷会让大家饿死，又不能卖儿卖女……如果可以，等再长大一些，他米吉林就想帮帮家里，也出去干活。不过，他宁可去干活也不想死，这种想法比其他人都要强烈，就如同他知道自己将来会发生什么，没人不知道。

可是为什么不把房子后面那棵开了花的树砍掉呢？就是德奥格拉西亚斯先生说的那棵树。如果不砍掉它会很危险，是有征兆的。那棵树很狡猾，一夜之间，突然长得比房顶还要高。这就意味着家里有一个人要死了。这个人应该就是他米吉林。而老天爷不会让他的病得偿所愿，不会让他成为第一个离开的人，对吗？但是看起来爸爸并不想把树砍掉。当妈妈说起这件事的时候，他就很生气："我不会把它砍掉，也不会让别人砍。我不会给那个德奥格拉西亚斯先生幸灾乐祸的机会。他不应该觉得他说的每一句话都是对我下的命令，不应该觉得可怜的无知者的命运使我们也变成了傻瓜……"大家没有砍，而那棵树就像长了翅膀一样，米吉林这样想。"迪托，如果有人弄死了那棵树，我会特别高兴。假如一阵强风把树推倒……"如果迪托不是真的很聪明的话，他不会这样做：趁没人注意的时候，他把牧人萨卢兹喊来了，跟他说爸爸让他把树砍倒。萨卢兹喜欢砍树，他把刀插进细细的树干。米吉林远远地看着，心怦怦跳，满是喜悦。当其他人看到了这一幕，全都吓了一跳，大家害怕爸爸，说他会把迪托抓过去放血。而迪托一副满不在乎的样子，好像这事儿不是他干的。他跑到牛车那儿去玩，玩那些玉米棒子做的玩具。一根紫色的玉米棒子代表一头紫色的牛，而其他的玉米棒子，迪托让罗莎帮他放到火上烤了烤，它们就变成了牛，有黄色的、黑色的、黑白相间的。这是所有玩具当中最好看的玩具。爸爸回来了，听说树被砍了，把迪托叫过来说："你这孩子，我问你！你撒的什么谎？说是我允许把刀插进那棵树里的？""啊，爸爸，我又梦见有人说，如果那棵树继续疯长，加上您是一家之主……您现在可以打我，可我一点都不想您出事，我爱您，太爱了……"爸爸听了抱住迪托，夸他是个勇敢的孩子，很重感情，从不撒谎。连米吉林也没弄明白究竟会出什么事，因为即便是杂学旁收的他，不知为何也无法再相信先前的说法，但是他觉得迪托对爸爸说的话起码是大实话。

机灵的迪托出去找别的玩具了，其实就是单纯寻找大蝇霸鹟幼鸟的窝去了，他并不担心会受到成年大蝇霸鹟的叼啄，这可是会啄破人的眼睛的。迪托叫米吉林一起去。米吉林不去。迪托就没再叫他。迪托基本上已经不在意是否能和他一起玩了，迪托不再喜欢他了。每过一天，大家对他的爱就少一分。他们操心他的命运，看样子已经有了预感并试图摆脱这种习惯性的担忧。不是只剩下三天了吗？可是现在他琢磨着其他想法，只是这些想法在实际中是遇不到的，一切都那么费力，那么困难。如果他成功摆脱了死亡，应该会突然明白自己真正需要的东西。啊，不应该把这些日子刻在记忆中！每天早上当大蝇霸鹟和巴西拟鹂放声高歌时，米吉林带着伤心和困倦醒来，托梅齐尼奥高兴地从床上跳下来，模仿鸡的动作，像拍动翅膀一样挥着胳膊，咯咯咯地叫着。每到夜晚，米吉林会花上好长一段时间来琢磨猫头鹰，这种能够感知并左右未来的家伙。"是猫头鹰在叫吗？呸！"不是的。迪托仔细听着，但只听到了大蛤蟆的叫声。

大白天的时候，米吉林就变得不那么愿意躲藏了，有时候也不那么想离开人家的陪伴了，正如他之前喜欢的那样。可是现在，他突然意识到，如果继续独自一人，那么，他会是所有人当中最聪明、最有眼光、最有分寸的那个，当然，这是以某种隐蔽的方式体现的。他在房子里停下脚步，停在厨房，离妈妈很近，离姐妹们很近。他希望一切如旧，没有丝毫混乱，也别再出现什么变故，可是家里的人，每一个人，都在做着自己的事情，做着有用的事情。如果他自己想要努力地活下去，就会面临消除老天爷遗忘的危险，从而影响病情。如果任由事态发展下去，他就会病入膏肓，会感到肋骨疼痛，会感到肺叶疼痛，还会吐血，也就是罗莎总在叨叨的那些话。于是，他开始习惯性地吐唾沫，想知道是否已经有了血丝。"你这是干吗呢，米吉林？快改了这个臭毛病！"有人斥责道。他点头答应着，尽可能平静地傻笑着，因为在内心深处他是害怕的。在脏兮兮的猪圈里，几头胖得离谱的猪在尖叫。那不仅仅是尖叫，而是从里面把一个柔软的东西撕碎扯烂的嚎叫，撬开了未知的悲伤。还有猎捕到的一只犰狳的吱吱声。猎狗们冲着一只洞穴犰狳嗷嗷叫。

有一次，就在牛棚上面，大家抓到一只六带犰狳。那咆哮声！在受到猎狗的围困时，六带犰狳是叫得最大声的。猎狗们把它围住，收紧包围圈。那是一只母犰狳。它伪装起来，带着哭腔；它斗争着要打洞，猎狗们没让它得逞，它们和它在地上翻滚着，它开始慢慢地将身子翻正。大家明白，如果没有猎狗们的围困，它可以一溜烟跑掉。它的壳上布满了白色的绒毛，仿佛那种最细的、最靠近毛发根部的尖尖的绒毛。它抬起两只爪子，交叉在一起，露出长长的指甲，就像发黄的小骨头一般。它在祈求些许怜悯……后来，又有一次，抓到的不是别的，是一只九带犰狳。九带犰狳跑得更猛，非常善于奔跑。猎狗追赶的时候，它发出尖叫。爸爸掏出刀，刺进它的身体，刺穿了它。它吱吱地叫着：咿祖咿嘶，咿祖咿嘶！……它就快死了，还用指甲使劲挠着地，挠出了声，就像它们平时钻进洞穴那样地挠地。"没必要同情它，米吉林，这些家伙是破坏大王，它们会吃农场里的玉米，推倒玉米的根，咬坏玉米的穗子，刨出地里的玉米种子来吃……"牧人萨卢兹如是说，以此作为对猎杀犰狳的安慰。"犰狳吃种子……"可是，为什么爸爸和其他人在漫无目的地打猎时，在屠杀犰狳和其他可怜的动物时，却笑得如此开心、如此兴奋、如此疯狂？那么，伴随着这种屠杀，这种带着血色的欢乐，恶魔是不是也该在地狱里享受折磨人类的快乐？而且，他们不希望他米吉林对犰狳有一丝怜悯，可怜的老天爷啊，独自一人待在天上，一个朋友也没有。米吉林创造出了另一种对大人的厌恶。不论他是否长大，都不可能热爱这些人，也无法成为他们真诚的伙伴。等他长大后，其他人或许会改变，变成好人，可是，终将有一天，他们会因曾经喜欢虐杀犰狳而受到应有的惩罚，还有类似的事情，比如他们赶走了他的平戈·德欧罗，把几乎瞎了眼睛的它赶到了一个陌生的地方。

夕阳西下，最后期限要到了，米吉林没有想到办法，限期里的日子不够用。一切都晚了！他得赶紧祷告，做很多祷告，堆成山似的祷告，这是明智的做法。可他做不到。因为在这样的匆忙中，自己连祷告都不想做。他开始祷告，但又做不到，他无法忍受，他紧张，整个人不知所措。他鼓足勇气，又一次坐到谷仓里，只和那只叫索松伊的猫待在一起。他思考着，回忆着。猫就那样悄无声息地一步步靠近他。这家伙什么都没有留意，可它毕竟是一只猫：即便在睡着的时候，它也支棱着耳朵，听着远处洞穴里即将钻出来的老鼠的动静。突然，米吉林发现自己想起了帕托里的那些话，他还挺喜欢那些话的，甚至是那些话帮着他回忆起来的。牛的那个东西叫牛鞭。马的叫马鞭，巨大的，悬着的，长得和没有香蕉花的香蕉树花茎差不多。米吉林甚至想让帕托里回来，回到这里来，他得好好跟他聊聊，再问些乱七八糟的东西。公牛爬到母牛身上，之后就生出了犊牛。帕托里说他可以教给米吉林很多东西，男人和女人之间做的事情，在极度的丑恶之中，一切都是那么美好。就只是这样想想，他都开始生气了。好吧，休息一下。一头瘦弱的猪走了过去，在谷仓门口停了一下，嚼着发黄的甘蔗渣，咕哝着。求爱应该是挺好的事情。他米吉林是那个会和德烈丽娜结婚的人，可是弟弟不能和姐姐结婚吗？他有点难以忍受，他害羞了。"迪托，过来，来回答我一个问题……"

"什么问题，米吉林？你知道爸爸怎么说吗？明天他让咱俩去骑马，就咱俩自己，一起去把犊牛们领回家……""迪托，你之前有没有想过要跟守护天使聊聊？""不可以的，米吉林。如果和他聊了，将来会下地狱的……""迪托，有时候我会思念一种东西，但我不知道它是什么，从哪里来，我感到很羞愧……""别这样想，米吉林，没必要。你总是往悲伤的一面想，你跟妈妈很像。""迪托，你还是我的伙伴吗？以前你可是很喜欢跟我聊天的……""那是因为我确实喜欢，米吉林，我非常喜欢。可是我不想再聊这些了。"迪托，那你想看我长大么？看着我在余下的日子里长大成人，继续生活下去？""非常想。咱俩经常一起玩，一直在一起玩，以后一起长大，一起干活，一起买一座大大的庄园，到处都是牛啊马的，只属于咱俩！"其他事情让迪托很快乐，仿佛闪着光的金子。

此时正值夕阳西下，闪着落日余晖。母牛们哞哞叫着，母牛贝尔布蒂娜，母牛特龙贝塔，还有母牛布林达达，她们都排着长长的队，放牧归来，脚踩尘土，缓缓而行。莺野周围传来鸲鹆的嘶嘶叫声。空中飞过的是红嘴树鸭，一只沉思的啄木鸟和一对金刚鹦鹉。还有那珠鸢，丛林鸡鹲和条纹珠鸢。大家知道这些动物会离开这里，到别处生活。日暮时分，粉头斑鸠的叫声将空气染成了黑色。而后，还有蝉鸣，还有其他声音。绿青蛙的叫声。蛤蟆的悲鸣。穆通的那块地方充满了悲凉和不幸。山上，幽暗的丛林中，满是邪恶的动物和秃鹰。看着看着，突然，在天空中，在丛林上方，一个没有形状的黑色的东西伸展开来，拍打着他的胳膊——难道这是要向他米吉林宣布什么不寻常的消息？"是蝙蝠吗？会不会就只是蝙蝠而已？……"之后，在这之后，他就进屋去了，进屋喝牛奶。也没继续睡觉。他很想鼓足勇气打开窗子，遥望星空，用眼睛盯住她们，盯住七姐妹星团。他不想睡了，永远都不睡了。他想抱抱亲爱的迪托，和他聊聊，可是他没有这样做，他没有勇气这样做。

现在是最后一天了。今天，他会死，或者不死。他甚至都不想起床。早上他轻轻地啜泣了一阵，枕头都湿了。他就要死了，大家都会觉得再也没有米吉林了。他就要死了，就好像坏孩子的奸计得逞了。"迪托，你去问一下罗莎，晚上是不是有一只鸟在谷仓上面叫？在房子上面叫？"一天的时间很长，这就意味着他得忍受一整天躺在床上？"米吉林，妈妈在叫大家呢，给咱们捉虱子去……"米吉林不想，不想从床上起来。"米吉林，你感觉怎么样？你生病了，所以得吃药……"妈妈已经在那儿了，手里拿着梳子，在给其他人篦头。她往德烈丽娜和西卡的头发上抹了芦荟油。这两个是他的姐妹，他很爱她们。托梅齐尼奥在哭，大家都拿他没办法。"米吉林真的病了吗？他现在怎么样了？"说话的是伊西德拉姨婆。她正在她的小磨盘里面磨着粉末。那是一个用皂石做成的手动磨盘，中间有一个陀螺，需要握住磨盘的转轴来研磨，转轴是用美洲檫木那带着香气的树枝做成的。这会儿，米吉林什么都想看上一看。粉末，也就是姨婆抽的鼻烟粉，先烘干，之后再像现在这样研磨，反复磨。有时候大家喜欢帮着一起去磨。姨婆把鼻烟粉储存在一个角形杯里，用公牛的牛角尖做成的杯子，上面有一个盖子，盖子上拴着牛皮条。牛角杯里还放着菜豆，用来去味儿的……

伊西德拉姨婆人不坏，大家也是。他们让他多吃一些，变得强壮一些，不会因为结核病而消瘦。一大早儿，他要吃一大盘玉米面糊，里边混着牛奶，还有马上会融化的奶酪块。然后再吃一份难吃的蛋黄糊。每天晚上，伊西德拉姨婆会给他热牛奶，放上糖，再放几片儿绿绿的薄荷叶，可香了……妈妈过来看他，说："待会儿最好再给他点儿苦盐，不然贝罗会来的，他会觉得给小孩儿吃的药得按剂量算，就好像给马吃似的……"可是米吉林就只是在哭，不是因为害怕吃药而哭，也不是别的原因，就只是因为生而不同命而哭。只有德烈丽娜猜到了这一点，她坐到了床边上，问："亲爱的米吉林，我的弟弟，和我说说你为什么哭？是不是觉得哪里疼？"德烈丽娜握住他的一只手，靠近他，轻抚他的额头。德烈丽娜因为善良而美丽。"睡吧，米吉林。你没发烧。头不烫……""德烈丽娜，等我长大了，你会和我结婚吗？""会的，米吉林，一定会的。""那西卡和迪托，可以结婚吗？""可以，肯定可以。""可是我要死了，德烈丽娜。就在今天，过一会儿我就要死了……"谁知道呢，谁知道呢？最好还是自己一个人待着。一个人待着，远离他们，这样一来，仿佛就能一次性离他们所有人都很近，想着他们，最后，回忆起所有的事情，非常怀念大家。在这样一个伟大的时刻，怀念所有人：妈妈、迪托、姐妹们、托梅齐尼奥、爸爸、伊西德拉姨婆、特雷兹叔叔，还有猎狗们、猫索松伊、罗莎、迈蒂娜、牧人萨卢兹、牧人热、玛丽亚·普雷蒂尼亚……可是就在死亡的那一刻，他抱住了妈妈，抱得很紧，呼唤着她的名字，那么美丽的名字——尼亚妮娜……

"妈妈！来帮忙，米吉林的病发作了！……"

迪托呢？迪托在哪儿？之前他跑出去了。他去找阿里斯特乌先生了。阿里斯特乌先生刚从年冈那个地方回来，骑着他那匹快马跑回来的。他们把他叫过来看看米吉林，就是这样。阿里斯特乌先生到了。

阿里斯特乌先生走进屋，动静挺大，挺乐呵，声音洪亮，身材魁梧，长相是少有的漂亮，即便只是个乡下人，还有点疯癫，真的。他冲着大家微笑，像跳舞的人一样点头致意，很有意思。

"我们来看看这孩子怎么了，让我们看看他是怎么了……哎呀哎，米吉林，你怎么哭成这样，来，笑一个，冲我笑一个！……"这男人仿佛在讲故事。"这孩子有鼻子，有嘴，这儿有肚脐，只有肚脐……""阿里斯特乌先生，他病好了吗？""……如果不给小牡马剪鬃毛，它的脖子就不会长结实。如果不给小乳猪磨尖牙，它就无法直接吃奶……如果不把这孩子的小鸡鸡藏好，它就会飞走了……米吉林，你哪儿哪儿都好着呢！来，米吉林，站起来，身轻体健！……"

"阿里斯特乌先生，那我还是会死吧……"

"七十年之后吧！你会像我一样，我之前已经死过一次了；我死过一次，但我觉得那次是在鬼门关走了一遭……

米吉林，准备，跳，立马起来！"

抛开了一切的米吉林突然康复了，真的就站起来了，只要阿里斯特乌先生不希望他死，他就不再会死了。大家都笑了，兴奋地颤抖着。

"我没说过，我没说过么？米吉林，你确实没事，来，今天我们跳的是华尔兹……"大家都咧着嘴乐个不停。"唉，米吉林，如果我知道会是这样，就把我的伴奏提琴也带来，它还有名字呢，叫明蕾拉明多拉，也叫小胖妞，赢得过无数的喝彩……堪称提琴之王！""所以，阿里斯特乌先生，我既没得结核也没有痨病对么？""说的什么蠢话，该打嘴！米吉林，我的干儿子呀，我从来没听过比这更愚蠢的话了。痨病是不可能的，因为吉拉斯这个地方的空气条件不允许！你身体好着呢，只是被误诊了……"

爸爸回来了，阿里斯特乌先生向他解释道："我的朋友米吉林突然对他自己良好的健康状况感到吃惊。没错，首先根据音乐的旋律恢复两条腿……"可以肯定的是，在吉拉斯这个地方是不会得痨病的，不会的，但即便是痨病，他现在也康复了，因为吃了水田芥，喝了马蹄螺汤，就像变戏法那样——啪！啪！奇迹就出现了……米吉林不需要吃什么药，疾病都清除了。最好做些运动，甚至可以去打猎……阿里斯特乌先生之所以到这里来是为了给猎人们提个醒：有一头健硕的南美貘跑出来了，四处溜达。那是一头来自沙帕达多斯吉马良斯的黑色貘，阿里斯特乌先生循着它的踪迹一路追来，在最主要的那条路上找到了它。它从一个地方溜达到另一个地方，去了三个地方：蒂庞、特伦滕和兰若里奥。獏孤独地走着，母獏肯定是走丢了，或者已经让人杀死了。必须好好安排一次狩猎……"阿里斯特乌先生，那些蜜蜂呢，去哪儿了？""尼奥·贝尔诺，它们在到处采蜜呢，不论好坏，它们总是很勤劳，尊我为它们的王，它们知道我是蜜蜂王贝莫尔①……我记得就在昨天，知道吗，蜂箱里跑出一群蜜蜂，很大一个蜂群，一眼看上去，就像旋转出来的一团黑云，魔鬼应该就在那里面咆哮着……唉，米吉林，这是说给你听的，你需要知道几件事：首先，在一片丛林里，我发现了几只正在睡觉的猴子，它们醒了之后还跟我聊了天……再就是，如果我们见到一个红头发的人连着打了三个喷嚏，而他拿着刀，问我们要水喝，但他先漱了漱口然后把水吐了，那么，不要想着从这个人身上得到什么，千万不要！"阿里斯特乌先生说完就安静下来，准备吃午饭。他勉强喝了一口烧酒。哦！这个人呀！他的帽顶上插了一束花，裤腿也没卷起来。他只讲着一些飘浮在空气中的话，满屋子的人听得乐此不疲，连伊西德拉姨婆都因为长着嘴而不得不笑了。米吉林想让所有人都跟他出去溜达溜达，他身边的人都爱听那些精彩的故事。到了要离开的时候，阿里斯特乌先生给了米吉林

---

① "贝莫尔王"（Rei-Bemol）与 ré bemol 几乎同音，后者意思是降 D 调，此处为谐音类文字游戏。

一个拥抱，说：

"听着，我的米吉林，你的病就是这么好的，知道吗：

"……我要去，要去，要去，要去，然后回来！
因为如果我去了
　　因为如果我去了
　　　　因为如果我去了
我一定会回来……

"要很轻快地唱出来，有节奏地唱出来。"

过了好一会儿之后，他拥抱了迪托，说："你们要照顾好我们的这个小大人，就是他把我叫过来的……"

打猎，还有抓捕貘，都定在了一个星期天进行，前提是老天保佑。

这会儿，米吉林实在是太饿了。他拼命地吃，撑得有些虚弱，吃完东西就开始冒冷汗。但是他站起来的时候脸色好了很多。泥土已经干了。爸爸说："米吉林需要干点活儿，明天就让他去农场给我送饭吧。"米吉林很乐意，他高兴坏了，因为爸爸觉得他帮得上忙，而且爸爸跟他说话的时候也没冲他发火，米吉林开心极了。

"西卡，你来教我跳舞好吗？"

"我可以教，但是你不会学。"

"西卡，我会学的……"

"罗莎说过，迪托会学，米吉林不会学的……"

"为什么，西卡？"

"你出生在礼拜五，脚却是在礼拜六才出来的，正是大家内心欢喜但表面悲伤的时候……罗莎是这么说的。你可真会挑日子……"

又一天来临了，美好的清晨，阳光四射。绿鹤鹋的叫声很是动听，第一只，第二只，第三只，接连飞过路边的棕榈椰子树。红腿叫鹤在高歌，不知道在歌唱什么，在山下，在山上，几乎唱了整整一个小时。牧人萨卢兹在挤奶，迪托在帮忙。母牛皮乌纳产的母犊牛是迪托的，母牛特龙贝塔产的公犊牛是托梅齐尼奥的，母牛诺布雷萨产的公犊牛是德烈丽娜的，母牛马斯卡拉尼亚产的公犊牛是西卡的，而他米吉林的是母牛塞雷亚产的公犊牛。公牛里奥内格罗没和母牛加迪亚达一起出来，这头母牛应该才开始对它产生兴趣。它烦躁、丑陋，一张愚蠢的脸，太难看了。它时不时地扭一扭头，觉得后脖子那儿很舒服——那地方长满了蝇蛆。"由于这里是丛林，在山脚下，在吉拉斯中部是不会……"牧人萨卢兹维护着米吉林。迪托追问着，他什么都想学。

后来妈妈和罗莎做好了食物，放在了托盘里。托盘是木棍拼成的，露着大小不一的孔。其实并不需要什么浅盘子，也不需要深盘子，甚至连容器都不需要。米吉林小心翼翼地把食物给爸爸送过去。可惜迪托没有跟他一起去，因为只要他俩在一块儿就干不对事儿，总是捣乱。道路顺势而下，一直通向山谷的边缘。眼睛往前看，米吉林！他带着勇气，带着信念，出发了。他嘲笑着飞翔的鹦鹉发出的粗鲁的叫声，没时间观赏一只巨大的金刚鹦鹉在啃树上的嫩芽，也没时间聆听黄尾巴的红腰酋长鹂那不同一般的叫声，这种鸟时而叫，时而不叫，一阵一阵的，叫的时候就是在呼唤雌鸟。就这样，米吉林必须得穿过一小段丛林。他不是很害怕，毕竟离家很近。此时正值十一月中旬，但榕树上的果子已经掉落到了地上。紫色毛果茄开了花，它那紫色的花瓣皱皱巴巴的。那里也没有食蚁兽。它们一般住在山谷里，喜欢长有野竹子的地方，会挠树皮。食蚁兽是奇特的动物，会发出哼哧的声音，那是它的喘息声，仿佛一头公猪，发出抽泣般的喘息声。米吉林不害怕，一点儿都不怕，一点儿都不，也不应该害怕。米吉林无所畏惧地走出了丛林。在他前面，一只啸鹭在天上呼啸着飞过，它要去看湖里的水。小籽雀依然在唱歌，就站在离丛林最近的第一棵树上唱着歌。米吉林没有转头去看，因为没时间。小鸟们的确就是这样的：美丽，不同于人类的那种美。为了让自己不害怕，就需要让自己承担一份责任。他步履轻盈，不一会儿就走到了农场。

爸爸正在那里割草。阳光洒下来，照亮了锄头。爸爸出汗了，见米吉林带来了午饭，很是高兴。爸爸没有生气，看来一切都做对了。他坐在树桩上，准备开始吃午饭。米吉林坐在他旁边的草地上。他喜欢爸爸，甚至连爸爸吃饭时发出的声响都喜欢。爸爸吃着饭，没说话。米吉林看着他。农场是一小块悠闲而美丽的土地，四周是木桩做的围栏，被一群虫子啃坏了。但是有不少蝴蝶在飞。围栏上挂着一整副牛的头骨，巨大的白色的角，象征着好运。在围栏的其他木桩上，还挂着其他的牛角，就只有牛角，随随便便挂在那儿，也没人会投去异样的目光。那副巨大的牛头骨有着非常齐整的轮廓。一只穴共鸟慢慢跳出来，两条小细腿儿谨慎地站在树中央，跳下来，跳到木栅栏底下，它又转过身去看看后面，那双铁锈色的眼睛格外引人注目。爸爸在那里种了玉米、豆角、红薯，还有一小片胡椒树。但是，在其他地方，还种了稻子、棉花和一大片木薯。米吉林把黏在衣服上的苍耳揪了下来。红薯的叶子碎成一块一块的，原来是一只金龟子在上面到处咬。爸爸有一个盛水的罐子，一个盖着西洋接骨木塞子的葫芦，还有一个紫葳科果壳做的水杯。四下里满是蚊子、蜜蜂和马蜂，不停地嗡嗡作响，发出吱吱的声音。爸爸一言不发。

"爸爸，您要是觉得我能行，我也来农场帮您割草吧……"

爸爸没说话。米吉林担心自己这样胡说八道是对爸爸的不尊重。

"我吃着饭，享受着美食，感受着老天爷的恩赐。现在你回家去吧，找对路，别捣蛋。"

米吉林拿起空托盘，带着爸爸的嘱咐，往家走。等他回到家，兴许可以给迪托讲一个故事，但那会是一个全新的故事，一个他编出来的故事：穴共鸟小姐建了一个农场，之后来到农场收获果实，从前有一个穴共鸟小姐！这些东西凑成一个故事，不行吗？当然行！他想起了阿里斯特乌先生……他总是想到阿里斯特乌先生，所以才想着自己可以编一个故事，很多故事，他可以！他甚至不应该害怕再次穿过丛林，不过就是一片蠢乎乎的丛林，让人随意行走的一小片丛林罢了。但他有些紧张，看起来有个东西，或者某个人，躲在什么地方，等着他经过那里。一个人？还真是！一个男人从蓝花楹树后面走了出来，走到了米吉林跟前——是特雷兹叔叔！

米吉林一时找不出话来，但是特雷兹叔叔坚定而热情地搂住了他。"特雷兹叔叔，我不会死了！"米吉林兴奋地说着，仿佛好几年都没说过话似的。

"你当然不会死啦，米吉林，太好了！你永远都是我的朋友对吗？跟我说说家里人的情况，你妈妈最近怎么样？"

米吉林一股脑儿全说了，但是特雷兹叔叔快速筛选着信息，时不时凑过去听听。米吉林知道特雷兹叔叔惧怕爸爸。"听着，米吉林，你记不记得有一天咱俩发誓做对方的朋友，法律认可的、忠实的、真正的朋友？我信得过你……"特雷兹叔叔托起米吉林的下巴，扬起他的脸，看着他。"你去，米吉林，你去把这个拿给你妈妈，别让人看见，你能保证吗？跟她说她可以让你给我捎口信，明天我还会在这里等着你……"米吉林不好问，也不能问，什么也没问，连问的时间都没有，特雷兹叔叔说完就消失在树林里了。米吉林把纸条藏进兜里，几乎跑着离开了，要多快有多快，他不想琢磨是怎么回事，直到他回到家，休息片刻，喝了点水，才感觉远离了那里，远离了丛林。

"米吉林，宝贝，发生什么事了？你怎么这副表情？"

"没事儿，妈妈。我喜欢去农场，特别喜欢。爸爸把饭都吃了……"

折起来的纸条还在兜里。米吉林的心像石头一样硬，咚咚跳着。每当他想到这件事的时候，就会疑惑到无法呼吸，就好像没有时间呼吸一样。"米吉林肯定捣蛋了，又不想让人知道！""没有，伊西德拉姨婆……""迪托，米吉林干了什么事儿？！""姨婆，他什么都没干。他只是因为要穿过丛林，害怕那里有鬼而已……"

这时候大家都去帮助迈蒂娜拔芋头喂给猪吃。大家在菜园子里找到芋头，迈蒂娜用锄头把它们挖出来。那是一些很大的芋头。迈蒂娜找到它们，用脚趾把地上的土刨开，嘴里说着很严肃的事情。她叨叨着，两只黑黑的手干着活，大家并没有在听她说什么。她嚼着烟，鼻孔里冒出两缕青烟，嚼烟的坏习惯。"迪托，你为什么和伊西德拉姨婆说那些事儿？""我不是在帮你吗，米吉林？""可你为什么要编鬼的事儿呢，为什么，迪托？""那是因为大家都害怕鬼，连伊西德拉姨婆也重视它。"迪托吓了米吉林一跳，他不用想，也不用知道，就猜中了米吉林的心思。但是米吉林不能告诉任何人，也不能告诉迪托，因为他已经跟特雷兹叔叔发过誓了。连迪托也不能告诉！谁也不能说，这让他很苦恼，无所适从，甚至有些头疼。但是他不能把纸条交给妈妈，也不能给她带话，他不能那样做，否则是会受到惩罚的，会给爸爸带去痛苦，那样做是不对的。他们其中一个人会杀了另一个人的，会发生可怕的争吵，伊西德拉姨婆已经预感到这些事儿了，就在她跪在圣龛面前的时候，已经预感到了魔鬼，预感到了加音和亚伯尔，预感到了血腥。米吉林什么都没说。他把纸条撕了，把碎片扔进了排水沟里，撕得粉碎。那特雷兹叔叔呢？他已经跟他承诺过了，那就不能撕了。那上面可能写着非常重要的事情，毕竟纸条不是他的。特雷兹叔叔还在那儿等呢，到了约定的那天他会从树后面走出来。特雷兹叔叔说的话仿佛出现在一个故事里："……米吉林，朋友之间就要开战了，还不拿起武器吗？……"那，那，那就别去了，到了约定的那天，就别去农场给爸爸送饭了，就说自己病了，不去了……

就在大家拔完芋头之后，迈蒂娜把大家叫过去，凑到一块儿随便聊聊，嘟嘟囔囔的，既然这个丑女人叫了，他们两个人就不得不过去，到耳房门口去找她。她想要干什么呢？哦，她在存的宝贝里翻找着，把一枚四十分的古铜币放在掌心，把那脏乎乎的铜钱拿过来给他们看，不停地说着，说得鼻孔都张开了，说得身子挺得直直的。"她想要的是甘蔗烧酒！她在说她把铜钱给咱们，让咱们去给她偷一口，偷一杯爸爸的烧酒……"迪托撺掇米吉林一起跑，两人就这么溜了，迈蒂娜站在那儿，气得直跺脚，报复似的提起裙子，露出屁股和那两条大黑腿，细细的腿，细细的。"你们对这个黑女人做了什么？"罗莎叫着。"看着吧，就你们干的那些坏事，她会用妖术收拾你们的！"罗莎害怕诅咒和妖术。

在牛棚那边，牧人热把所有的驴和马聚到一起照看着，那匹白脸马好像生病了，马肚带那里流血了，也不肯晃动蹄子。"迪托，记住，最难治的是肾和脖颈处的伤……"米吉林喜欢在离牲口食槽很近的地方、离牲口很近的地方等着，马呼出来的气都是热的。对于比较温顺的马，牧人热会让他俩骑上去，一人骑一匹这种没配鞍的马。"你们让我感到荣幸，嗯！不容易……"然后，他们骑着马往前走，在椰子树下停了一会儿，再往回走。这是最棒的体验，他俩满心欢喜。迪托骑的是那匹黄栗色的马，名叫帕帕文托，身上是赭石色土地的颜色。米吉林骑的马名叫普雷托，也就是黑色的马，但是妈妈想给它改名叫迪亚曼特。牧人热给每个孩子一根绿色的枝条，用来策马前行。托梅齐尼奥在惩罚自己，表现得很固执，因为就只有他不能骑马。骑马的时候米吉林几乎不再去想纸条的事，而是决定到了约定那天，大早上起来再想这事儿。一只和另一只雀鹰在休息的时候叫唤着。高处，更高处，是黑雕。"快去搭窝吧，黑雕！快要下雨了，黑雕！……"黑雕飞走了。"嘿，米吉林，咱俩要不要赌一下，看谁跑得更快？""不，迪托，牧人热说我们不应该跑……"开始放牧了，牛群先吃了龙舌兰那绿色的叶子尖和黄色的花，之后是紫花楹。这里到处都长着这种树……在那边有一头红色的牛，一头橙黄色的牛，待在一棵高高的豆科植物的下面。好多颜色啊！另一头牛发出哞哞的叫声，疯狂的，粗鲁的叫声。于是迪托开始哼着歌引导牛群。米吉林还想看看其他东西，什么都想看看，眼睛都不够用了。"迪托，爸爸是这里的主人，统领这里的一切，啊，所有的牲畜……但是爸爸从来不愿意骑马奔跑，也不愿意来驱赶牛群……""米吉林，爸爸才不是这儿的主人呢。这里的牲畜是一位先生的，辛特拉先生，爸爸只是跟他商量好替他照看这些牲畜。爸爸负责一部分，牧人萨卢兹负责另一部分。""我知道，我知道，迪托。我是知道的……可是这样不好，不好……""再就是爸爸没法花费很多心血管理这里，他受不了骑着马去追逐牲畜。爸爸会头疼的。""我知道的，迪托。我只是忘记了……"迪托带着一丝淘气，哼起歌引导着牛群，虽然不是个大人，却像大人一样摇晃着身体去引导。"迪托，是不是连你也觉得我确确实实是个傻瓜？""没有，米吉林，一点都没有。因为压根儿不是这样的。在很多方面你挺有想法的……"他俩慢慢往回走，途中遇到牧人热，骑着那匹名叫西德朗的马，前边坐着托梅齐尼奥，后边坐着西卡。西卡把手指头放在嘴唇上，做了个飞吻的动作。"西卡，谁教你的这动作？""就是妈妈教的啊！"西卡每次的表现都是那样可爱，那样有趣。

"迪托，我们怎么能确切地知道，即使别人没看见，有些事我们也不该去做？""我们就是知道，这就行了。"泽罗和茹林①追着珍珠鸡跑。托梅齐尼奥朝着猎狗弗洛雷斯托的腿上扔了一块石头，它跑了出去，疼得嗷嗷叫。这下托梅齐尼奥得挨罚了。在接受惩罚的凳子上，他没哭，也没再捣蛋。突然他变得慎重而固执起来，那么小小的一个人，一张犯人一般谨慎的脸让大家很惊讶。"罗莎，我们什么时候能知道我们不打算做的事情是一件坏事？""当魔鬼接近的时候。当魔鬼离得很近时，我们会闻到其他花朵的味道……"罗莎正在搅弄平底锅里的糖。米吉林得到一点儿糖，放在水葫芦里，和迪托分着吃。"妈妈，我们做的事，究竟是好还是坏，我们什么时候才能知道呢？""啊，我的宝贝，我们认为是好的那些事情，如果我们特别乐意做就会去做，做完了就会知道是好还是坏……"牧人热在给一个白菠萝削皮，给他俩分了一块。"牧人热，我们怎么知道一件事的好与坏？""米吉林，小孩子没必要知道。小孩子做的事情肯定都是坏事……"牧人萨卢兹正在敲打着牸牛，

---

① 三条白色猎犬中的两条，原名泽·罗沙和茹利尼奥·达图利亚，见第8页。

伴随着母牛们的大叫。牧人萨卢兹唱着歌走过来，唱得很动听，他是勇猛的米纳斯吉拉斯人。米吉林又去问他。"我怎么知道呢，米吉林？我从来没想过这个问题。我觉得，当我们的眼睛只想着往深了看，当我们无法面对别人，当我们害怕智慧的时候，就是坏事。"可是迪托听着听着就烦了。"听着，米吉林，别再问了，不然大家会以为你偷了爸爸什么东西。""瞎说。我什么都没偷！""那是因为我现在知道是怎么回事，米吉林。任何事情在做之前都有可能是坏事，可一旦我们做过了，一切就都是好事了……"迪托这样说是因为事情没有发生在他身上。要是发生在他身上，他就不会像现在这样嘲笑米吉林了。

下午，他们到院子里玩一种用球击倒竖在地上的柱子的游戏。他们把两根木棍立在地上，一头放一根。大家得从远处用一个旧的马掌把木棍击倒。一头是迪托和牧人萨卢兹，另一头是米吉林和牧人热。但是米吉林没办法直接玩，因为他从来没打中过。"没关系的，米吉林，今天是个不同寻常的日子，白队会输，黑队会赢……"牧人热安慰道。但是米吉林没看清木棍，肯定看不清，因为他正想着兜里的纸条，他不愿再去想特雷兹叔叔了。这个点儿，爸爸已经打猎回来了，在里边待着呢，很疲惫，躺在柔软的棕榈席子上，离妈妈很近，好像在打盹。米吉林努力挣扎着不去想，但人的思绪不会停滞。那件事，那件事。所有的思绪倾泻而下。但他不想，也不会去想，所以需要换换脑子，把注意力放到发生的其他事情上，放到美好的事情上，所有事必须都很美好，好让他不再去想纸条的事，所以这一天仿佛是一生中最漫长的一天……吉冈和托梅齐尼奥玩耍着，一人一狗在地上和稻草堆上打着滚。蓝肩裸鼻雀和知更鸟那微声细语停了下来，紫歌雀已然睡着了，只有那大蝇霸鹟还时不时地叫唤着。泽罗、茹林和塞乌诺梅一直卧着呢，应该是快要下雨了，俗话说，雨临近了，狗会非常困倦。但是卡拉特尔、卡蒂塔、莱亚尔和弗洛雷斯托四处跑，还跑得很远，想要抓住风的脚步。米吉林琢磨着迪托的那番话。迪托说那些话的时候，那慢悠悠的口气让人感觉他说的看起来是对的，迪托知道很多东西，主意也多，米吉林很惊讶。现在没那么惊讶了。现在，他琢磨着，觉得不仅仅是这样，迪托的话，应该是相反的意思。最困难的是我们知道如何做正确的事情，这样别人就不会斥责我们，也不会想要惩罚我们。起初，米吉林害怕公牛，害怕驯养的母牛。爸爸吼叫着说："如果一个人害怕牲畜，它们就会觉得你很奇怪，当它们知道一个人害怕它们的时候，哪怕是丝毫的畏惧，都会让再温顺的牲畜变得凶猛，想要攻击人……"所以，后来，米吉林明白了，如果我们无所畏惧，就不存在危险。他就毫不在意，立马走到一群牛当中，走到刚回来的一群牛当中，混在其中。结果，意外的是，爸爸回来了，牧人也回来了，他们手里拿着放牛的鞭子，把米吉林提溜到牛棚那边，狠狠责骂了一番。"臭小子，熊孩子，捣蛋鬼！你跑到这群野蛮的牲口中间，它们可不一样，它们可是吉拉斯最凶猛的牛！天知道它们怎么没顶死它，没踩死你！……"自那以后，米吉林每次都害怕穿过牧场，离每头牲口都远远的，不管是野蛮的还是温顺的。不过现在米吉林回忆起这些事情时内心充满了平静，不过淡淡一笑，这是成长的经历。

"米吉林，你今天让人刮目相看，真棒！"牧人萨卢兹喜欢四处闲逛，在牧人中很少见。米吉林不想独自一人什么都不干。这会儿，他们在玩板羽球，随便瞎玩。牧人萨卢兹用玉米秆扎住鸡毛，做成一个板羽球。西卡和托梅齐尼奥在和犊牛们玩，托梅齐尼奥领出一头最温顺的犊牛，骑了上去，最开始米吉林也喜欢这头。犊牛们也相互嬉戏着，跳着，踢着，用角顶着，发出咔咔的声音。两到四岁的小牛们互相用角抵着，撞着，它们习惯于此。有一头刚出生的母犊牛，小小的，是母牛阿图康的孩子，脾气粗暴，活脱一头勇猛的成年牛，从那边跑过来，攻击西卡。"别，别，别过来，图卡尼尼亚！你想撞死我吗？"西卡从没害怕过。迪托给马扔过去一根玉米。夜幕降临。蝙蝠一排排飞下来，转着圈。牧人热用西洋接骨木点起一个小火堆，几乎就在房子跟前，火苗噼里啪啦的，大家找来更多的木头，扔进火堆里烧。一匹马走过来，迪托用手捋了捋它的鬃毛。大家没有刻意去等，萤火虫就带着光亮飞来了。"萤火之光，萤火虫？"数量很多。隐约出现了一张脸，一只白色猫头鹰的脸，那样松软的翅膀，贴着仓库飞过，听不到丝毫声音。"到这里来笑，老尚多卡，我给你发糖吃！……"在那背后的丛林里，林鸥唱着歌："弗洛里亚诺，弗，弗，弗！……"米吉林找寻着马匹，一匹马在啃着它的玉米，张着嘴。牧人萨卢兹讲了一个故事，那是在帕索图佩劳的边缘地带猎捕鹿的故事。当时他在一条羊肠小道上等着鹿的到来，路旁是高大的蕨类植物，当中有一小片空地。来了一头成年的田野小鹿。牧人萨卢兹说："小鹿要跑，却受到了围追堵截……狗吠，鸟叫：啾，啾……汪，汪，汪……"在猎人的吆喝声中，一群猎狗撒开了去追……小鹿被追赶到田野中一片独立的小树林里，但是并不想钻进去……最后，小鹿被铅弹打中，跪在地上，在蕨类植物上面侧身翻了下来……大家把鹿剖开，掏空了肠子和内脏，减轻了分量方便携带。阿里斯特乌先生也在那里，听得很开心。"米吉林，你还挺喜欢狩猎的吧。要不要一起来？"米吉林想去，又不想去。"或许有一天我想去的时候，爸爸会带我去的……"牧人热捡起一块烧红的木炭来点烟斗。托梅齐尼奥紧紧抓住墙的毛坯部分。夜晚更加深沉，漆黑一片，只有萤火虫的点点光亮。"看呀，这么多萤火虫散在空中，好像在聚会！"一大群的萤火虫，看得米吉林眼花缭乱。"西卡，去叫妈妈，让她来看这么美的画面……"萤火虫们交织在一起，每一只仿佛滚烫、成熟、破裂的圆圆的果实一般，画出长长的弧线，落在那只闪闪发光的绿色萤火虫身上。迪托弄来一个空的玻璃瓶，用来装活的萤火虫。迪托和托梅齐尼奥在院子里跑着，抓着，喊着："萤火虫啊，萤火，萤火，你们的爸爸，你们的妈妈，都在这里！……"妈妈，我的妈妈。妈妈喜欢萤火虫，抚摸着米吉林的头发，说："它们发出的微光是爱的呼唤……"一匹马受到了惊吓，以为萤火虫是夜空中的火。另一匹马晃动着蹄子，僵硬的身体让它不舒服。一只萤火虫熄灭了，掉进了海里。"妈妈，妈妈，海是什么？"海很远，离这里非常遥远，是一个巨大的湖，一片无边无际的水域，妈妈也从来没见过海，她叹息着。"哦，这样啊，妈妈，所以海是让我们思念的东西？"米吉林没再说话。德烈丽娜迷迷糊糊地在睡梦中从窗户往外看着这一切。玛丽亚·普雷蒂尼亚和罗莎也来了。

　　到了该睡觉的时间了，米吉林把白天的精力都消耗光了。迪托把满满一瓶萤火虫放到了床底下。"米吉林，你今天没脱裤子。""别打扰我，迪托，我累了。"可他还是得洗个脚，因为不洗漱就睡觉的人会让黑雕带走。再者，规矩不能坏。明天，爸爸要去农场呢……迪托什么都不知道，在角落里躺下了。迪托能想到其他所有事情，除了这件事。米吉林平躺着，时不时地发出柔和的呼吸声，应该已经默默地念完三遍万福玛丽亚祈祷词了。此刻，他在想什么呢？这会儿，他已经困到了极点，即便是他的弟弟、躺在床上的迪托，看起来也好像是另一个人，一个陌生人，一个从迪托身上分裂出来的人。迪托特别机灵，但是又很安静，从来不说别人的是非。"迪托？""怎么了，米吉林？""只是我们不应该光着身子睡觉，那样守护天使就会离开……但是裤子我们可以不脱……""我知道，米吉林。"迪托不明所以地应着。迪托并不会真的和别人起冲突，每当会发生争吵的时候，他就会及时终止。米吉林一直都不愿与人争吵，但是最后往往会和所有人吵个遍。真希望大家都像迪托那样，游刃有余地和所有人打交道……"迪托？我今天没脱衣服，是因为我许了别人一个承诺……""啊？米吉林……"他不相信？"米吉林，你是为了那些炼狱的灵魂而承诺的？"迪托掩饰着。米吉林也在掩饰。纸条还在衣服兜里放着，以至于他都不敢把手放进兜里，甚至都不想知道是怎么回事，明天一大早他再看要怎么办。他祈祷着，努力祈祷着。他有些不寒而栗，甚至希望火花也会受伤，甚至希望床也能跳起来。如果他做到了，也会有另一种恐惧，不一样的。迪托已经睡着了。先睡的人已经睡着了，后睡的人就会继续恐惧，当然也会勇敢。恐惧和勇敢都来自穆通的<u>丛林</u>，但并不是同时存在的。偶尔会有畏惧的日子，也会有悲伤的日子和诸事不顺的日子，而这样或是那样的日子，我们都得经历，从开始经历到结束，还得顾及其他方面的畏惧。

对灵魂的畏惧。对狼人的畏惧。狼人扭转了黑夜，跑遍世界各地。对饕餮的畏惧，更甚。比如一个人，多斯马托斯·辛班巴先生，米吉林以前知道他这个人吗？记得起这个人的点滴吗？这是一个矮小粗糙的人，在一把可能是白茅的干草下面，脸大得出奇，没脖子，面色深紫，眼睛发白……爸爸也许知道这个人曾和特雷兹叔叔聊过？哎呀，死亡！他祈祷着。对皮托罗的畏惧。一名驮运工独自一人辗转四处，在乡间一处停下来歇脚。他觉察到山涧那边坐着一个上了年纪的人，留着络腮胡子，毛发浓密，大肚子，头上戴一顶宽大的牛皮帽，正吹着口哨。看起来像一个平和的耕地人。但这个人问驮运工有没有烟和草，却又从自己的衣袋里掏出烟斗，装了烟，点着了。烟冒出来。老人声音沙哑，每一声都充满了疑惑，悄悄问道："您认识皮托罗吗？"说着又吐出一口烟，问："您认识皮托罗吗？！"每问一次，神情越发怪异、荒谬。"我不认识皮托罗，不认识他的爸爸妈妈，也不认识驮着他们的鬼，以基督耶稣的名义，阿门！……"驮运工喊道，在地上画出一个所罗门封印，皮托罗和硫黄、沥青溶在一起：他是"狡猾的人"，是魔鬼。"我随老天的旨意而睡，随老天的旨意而起！"米吉林简短而虔诚地祈祷着，没有丝毫睡意。

天亮了好一阵了，剩下那不多的时间也在飞逝，米吉林那双可怜的脚，到了约定的日子，能走路了，步履缓慢地走向丛林，充满了焦虑。他变傻了？他喘了口气，爸爸今天在另一个农场割草，啊！真好呀！但是，不，一点也不好，无济于事，因为另一个农场虽然更远一些，但路还是原来的路，不管怎样，米吉林还是得穿过同一片丛林，特雷兹叔叔正在那里等他。天色如晦，阴沉欲雨。米吉林把托盘顶在头上。他没哭。没人看见，也没人能看见，因为从表面上看他没哭。他是不是想到了所有可能说的话和不能做的事？并不是。"特雷兹叔叔，我把纸条交给妈妈了，可她不知道要不要让我带话……"唉，不行的，不能这样，这不是无中生有么，不能这样说。但是这么一来就找不到说辞了，没有能道歉的理由了，也得不到谅解了。没有多余的时间了，没有时间了，人的脑袋装不下这么多的事……啊，我的老天，可是，如果是在故事里，在一个讲出来的故事里，在这样一个他杜撰出来的小故事里——一个男孩用托盘盛着午饭走着——那么，这个托盘男孩可能会做什么呢？会说哪些话呢？"……特雷兹叔叔，伊西德拉姨婆来了，大发雷霆，我怕她看见纸条的内容就把纸条撕了，撕得粉碎，把碎屑扔到了山沟里，一大清早扔的，罗莎那会儿正在喂鸡……""特雷兹叔叔，我们去骑马了，引着牲口去放牧，原野上的小鸟四处高歌，迪托像个老练的牧人一样，哼着歌引导牛群，一头黑绿条纹的牛在紫花楹树下攻击人，哎呀，结果原本还在的纸条就让我弄丢了……"但问题是，特雷兹叔叔不是故事里的人，他会另外再写一张纸条，再让米吉林传递。一切，糟糕的事情又会重来一遍。"特雷兹叔叔，一开始我想交给妈妈的，但最后没给，因为我只鼓起了一半的勇气……"啊，但如果这样说，特雷兹叔叔并不会气馁，他那种荒唐的欲望会越发强烈，会抓着米吉林的胳膊，一直说，一直说，一直说，永不停歇。没辙！现在，米吉林停了下来，缓了一口气，不想因为哭泣而打断自己的思绪，安抚了身上的恐惧。到爸爸的农场没有其他的路吗？没，没有。米吉林出发了。出发了，没想那么多。他得信守承诺，对他自己，也对爸爸的午饭。他一路走着，祈祷着，都不带停的，一路上一直祈祷着，听着，什么也没听到，如果有能听见的声音就只可能是特雷兹叔叔说的话了。他一路走着，祈祷着，听着，没听见什么，一路走着，一路走着……走进了丛林。那是一片寂静的丛林。米吉林祈祷着，声音不大。老天爷监看着世间一切背信弃义之事，老天爷追踪着大人和小孩！特雷兹叔叔会在回来的路上出现吗？可是并没有。

特雷兹叔叔从他的树后面走出来，勇敢，轻柔，就像一只美洲豹，来到米吉林面前。米吉林这会儿祈祷的声音大了起来，这是什么疯狂的举动？他无法控制自己，在泪水中颤抖着。头顶上的托盘摇晃着，脸上滑过两行泪水，呼吸变得急促，快要窒息，他无法面对特雷兹叔叔，只是一味祈祷着。"米吉林，你这是怎么了呀？冷静！发生什么事了，怎么了？""特雷兹叔叔，我没把纸条交给妈妈，什么也没跟她说，什么都没和别人说！""可这是为什么呢，米吉林？你信不过我？""不，不，不是的！纸条还在我这个口袋里，您可以再把它拿出来……"特雷兹叔叔迟疑片刻，从米吉林的口袋里掏出纸条，米吉林一直举着胳膊，扶稳头顶上那盛着食物的托盘，这次几乎不再哭泣。特雷兹叔叔重新看了一遍纸条，盯着它，先是悲伤，仿佛那不是他之前给米吉林的那一张，而后又粗略地看了一眼米吉林，掏出手帕，熟练地擦去他的泪水。"米吉林，米吉林，别哭，别在意，你是个好孩子，正直的孩子，你是我的朋友！"特雷兹叔叔穿着一件格子衬衣，如此一来，米吉林头顶的托盘妨碍了他的拥抱。"你是对的，米吉林。你不想把特雷兹叔叔想得很坏，从来都没这么想过……"特雷兹叔叔说了许许多多其他的事，爸爸的午饭难道不会变凉么？特雷兹叔叔说他只是到这里来和他告别的，因为他要出门了，去很远的地方。特雷兹叔叔给了米吉林一个告别吻，就消失在漆黑的树林里，他也正是从那里走出来的。

　　米吉林哭了一会儿，笑了，沿着他的路，走出了那片丛林，而后进入了另一片更大的丛林，往爸爸劳作的另一个小农场去了，那里应该比这里更远一些，不算太远。米吉林轻松了许多，平静了许多，不需要再思考这个顾虑那个了！一只褐色的松鼠突然跑出来，非常突然，意料之外，就这样窜上了一棵笔直的卡林玉蕊树，直窜到树顶，闪电一般，绷直的小尾巴时而向后，时而向下，甚至比身体还长，尾巴占体重的一半，用来防止松鼠爬得比树还快……一瞬间，米吉林为自己感到高兴，仿佛一只鸟儿在歌唱，叮叮咚咚。

可是丛林变得荒蛮起来，在隐秘处，藏着无边无际的丛林。米吉林走得太远了，应该已经过了新农场的位置。他停下脚步。树枝上有动静，但不是另一只伶俐的动物，不是。

有人在窃窃私语，迅速，热烈，打着响吻。是一个穿皮衣的牧人的身影，旁边还有另一个人，在枝叶后面，鬼鬼祟祟，藏藏躲躲。米吉林在混乱中隐约感到了危险，来自那上面：有人在熬培根油，上面飘着油脂。他们会不会从树上下来，跳到他身上？"呀呼！"米吉林再也忍不了了，把托盘放到地上，撒开腿就往回跑，边跑边喊什么我要妈妈、我要爸爸的，不知道会发生什么，总之就是跑。

突然间，爸爸出现了，夹着他的胳肢窝，米吉林喊着，两条腿依然做着跑的动作，没认出是他爸爸。但是爸爸把他悬空拎高，把他带到了农场门口，往葫芦里装了水，准备喝。米吉林喝着水，哭着，吐着唾沫。"怎么了，怎么了，米吉林？午饭有什么吃的？"在爸爸身边，还有另一个男人，一点胡子也没有，他抓着米吉林的手，冲他笑着，眼睛里有光。当米吉林告诉他们丛林里的动静时，爸爸和那个男人盯着空气，一脸严肃，一起望向米吉林。爸爸在身边，米吉林不害怕，怕，也不怕。"咱们走吧！"爸爸说。他们带上武器。米吉林跟在他俩后面，继续走。

可是，刚到达那个他们要去的地方，爸爸和那个男人脸上的微笑凝固了，颤抖着，着实吓了一跳：一群猴子向四处散去，只有尖叫声和口哨般的讨论声，在地上争来抢去，高高翘起尾巴，甚至卷起尾巴把自己吊起来，当它们待在树上的时候，在树与树之间纵耍跳跃，即便如此，它们依然想看热闹，没几只逃跑的。但是，在那半高的地方，一只猴子用手抓住两根树枝，指挥着其他猴子用叶子作掩护逃跑，迅速亮出后背。猴群！米吉林明白了，他并拢双腿，低下了头，现在爸爸可能要揍他了，因为他吓得丢了魂，扔掉了午饭。但是，爸爸和另外那个男人笑着，不拘措辞，不带嗔怒地说："米吉林，你可真让我丢脸！笨猴子都比你强，它们把你手里的吃的都拿跑了……"他俩不打算杀猴子了。也没什么大碍，快要下雨了，他们确实得赶紧回家。米吉林捡起托盘——当然，猴子已经把东西吃光了。

就在爸爸一遍又一遍地讲了猴子的故事之后，米吉林迫切地想和迪托聊聊。大家听完故事笑得前仰后合，可米吉林不在乎，甚至觉得这样说着笑着不发怒就很好。"米吉林？那次你看见猴子的时候脚底抹油，逃之夭夭……流了足足三个椰子壳那么多的眼泪……"爸爸玩笑着说道。爸爸这样玩笑，是因为爸爸喜欢他。

但是他需要单独和迪托在一起。他学会了一个秘诀，金子般珍贵，会永远激荡他的心灵。"迪托，当我们祈祷、祈祷、再祈祷的时候，即便内心有着巨大的恐惧，只要我们不停地祈祷，它就会消失，你知道吗？"迪托看着他，并不赞同，只是没有立刻发笑，说道："米吉林，可是你并没有从猴群中跑掉，爸爸是不是这么说的？"现在看来米吉林没想过这个问题，他不能告诉迪托特雷兹叔叔的事，也不能说他不可以把纸条交给妈妈，还有特雷兹叔叔后来说的那些话，夸他的那些话，都不能说。啊，米吉林从没想过自己会因为不能说的秘密而想得这么多，像一条不得不闭嘴的小狗！迪托的鼻炎犯了，擤着鼻子，重新开始一本正经的思考。迪托从兜里拿出一块黑色的糖，分了一半给米吉林，然后说道："不过我懂的，确实如你所说。""迪托，那当你感到害怕的时候，也会祈祷吗？""我会低声祈祷，双手抱拳，脚压实地板，压到疼痛为止……""为什么要这样，迪托？""我就是这样祈祷的。我想是因为老天爷非常勇敢。"

迪托比米吉林小一些，小小年纪，却懂得比实际年龄多得多，而且对懂的事十分笃定，无须提问。而他米吉林，即便是懂的事，也会陷入疑惑之中，觉得那可能是错的。甚至于他思考的那些事，需要先告诉迪托，让迪托运用自己的超能力进行再加工并确认之后，米吉林才会相信那是真的。迪托是怎么做到的？迪托那种明智的判断力，迪托知晓和理解的能力，甚至有时会让人疯狂。米吉林突然想戏弄一下迪托："可是他们没让你去农场送饭，觉得你做不到……"迪托没在意，把剩下的糖吃了，美滋滋的，而后在衣服上擦了擦手。"米吉林，"他叫道，"还记得阿里斯特乌先生说的话吗？猴子们也会聊天？我觉得他说的是真的。"说着，下起了雨，雨下得很猛，倾斜的雨丝仿佛一条条鞭子。堤岸那边也下起了雨。穆通山前的那片丛林笼罩在一片灰白之中。

爸爸还坐在厅堂上，和那个男人刚吃过午饭，牧人萨卢兹说遇见了德奥格拉西亚斯先生，他的孩子帕托里谋杀了一个男孩，在另一个地方，离科绍有十里格远。牧人萨卢兹转着圈说："有些日子了，是在……"德奥格拉西亚斯先生身着黑衣，一夜之间白了头，他走遍田间地头，逢人便讲，帕托里没想杀人，只是在试武器的时候手枪走了火，那个男孩很快就死了。帕托里逃了，原野上应该没有他的身影。德奥格拉西亚斯先生请求大家不要粗暴地包围和抓捕他的孩子。他只是反复询问着，大家是不是认为帕托里没到收监年龄也没有收监的罪过，是不是觉得他不应该逃避收监的惩罚，是不是把他送进位于皮拉波拉的马里尼亚叛逆少年管教学校还不够。

爸爸说，和他一起来的那个男人叫卢伊萨尔蒂诺，是他相识的好友，放弃了在库乌索河谷的活计，拿了一半的钱，可现在想住在家里度过余下的时光，和爸爸一起经营农场。这是个不错的人，讲信用，受人尊敬。他得考虑考虑那些活跃在吉拉斯地区的被释放的罪犯，比如那位巴西"鲶鱼之嘴"。妈妈，伊西德拉姨婆，她们所有人都赞同他考虑考虑。

这个卢伊萨尔蒂诺接过一杯水来喝，但他先漱了一口，倒掉了。莫非水里有刀？米吉林坦率地盯着迪托看，因为他想起了阿里斯特乌先生最后说的话。他是不是打喷嚏了，打了三个？米吉林没注意。但不可以是这样吗？就应该是这样。米吉林有些害怕，他要做的是，应该提醒迪托，提醒所有人，不要吃卢伊萨尔蒂诺给的任何东西。好在卢伊萨尔蒂诺那天晚上不在那里过夜，因为他得先到兰绍里奥河边，去一座房子里取他的行李和财物。他只是等了一会儿才喝的咖啡，等雨下得小一些。

西卡也在等待：她又拔掉了一颗已经松动了的前牙。等雨停了，大家得替她把这颗牙放到屋顶上，说："虫子啊，虫子，拿走这颗坏牙，给我一颗好牙！……"西卡现在笑起来很有意思，所以她说，如果她是个大男孩，就会去揍迪托和米吉林。德烈丽娜命令她有点姐姐的样子。德烈丽娜盯着卢伊萨尔蒂诺看了半天，然后说他是一个非常帅的小伙子，仪表堂堂。托梅齐尼奥正在屋檐下和一个叫格里沃的小男孩聊着天。这个小孩是到这里来躲雨的。格里沃比米吉林大一点点，有点怯生生的，因为他很穷，非常穷，几乎连一件打满补丁的衣服都没有。他没有爸爸，只和妈妈一起住在年冈山后很远的地方，在山的另一头，而他们所拥有的唯一可以借出的东西是一棵棕榈椰子树和一口井。大家说他们甚至会要饭，但格里沃不是乞丐。妈妈给了他一点吃的，他接了过去。他要继续前行了，背着那个袋子，里面装着包好了用来卖的树皮。"你不害怕吗？

帕托里杀了一个小孩，还在那一片儿疯子似的游荡呢……"
米吉林问。格里沃讲了一个很长的故事，和别的故事都不
一样，很快大家就喜欢上了这个有着独特语言的小男孩。
他说他想养一条小狗来陪伴他，一条小小的狗就行。但是
妈妈不让，因为他们没有吃的给狗喂。可是他们有鸡。"没
有狗来照顾鸡，狐狸不会把它们叼走吗？"迪托问。"等天
色晚了，我们会把鸡赶到屋里面……""你家里漏雨吗？"
米吉林问。"漏得厉害。"格里沃咳得很凶。他会不会不
怕死？

　　玛丽亚·普雷蒂尼亚给牧人萨卢兹端了一杯咖啡。格
里沃把剩下的也喝了。玛丽亚·普雷蒂尼亚会无声无息地
笑，就只能从那两排白白的牙齿看出来她在笑。突然，她
问起牧人热。"哎，他在吉拉斯的深处骑马放牧呢……那边
有很多草棚，可以让他来躲雨！"不过牧人热身上背着装
了肉末面团的袋子，一点儿都不会挨饿。小狗们喜欢格里
沃和它们玩耍的方式，纷纷围着他，摇着尾巴，把爪子放
到他的膝盖上。托梅齐尼奥顺走了西卡的一个娃娃，藏到
了一辆牛车的下面。西卡想要揍他，托梅齐尼奥一直跑到
了雨里。吉冈跟着他一块儿跑，它会聊天，用它那时而高
亢的吠声聊天，即便浑身湿透也无所谓。"迪托，我会和爸
爸说，不让那个男人留下来和我们住在这儿。""如果是我，
就不会说。""可是为什么呢，迪托？你不担心那些预言
吗？""爸爸不喜欢咱们这些孩子说这些是非！"可米吉林自

己并不是很肯定要不要说，每过一刻，这种不肯定就增加一分，每过一刻增加一分。迪托又说："卢伊萨尔蒂诺不是红头发的人。阿里斯特乌先生不是说了吗？爸爸才是红头发的人……"米吉林自己都觉得阿里斯特乌先生的那些话也可能是一些用来合唱的古老的诗句中的一部分。此时此刻他想要做的就是和迪托还有格里沃一起畅快地聊天，下雨刚好促成了这个机会。他正对格里沃说，这个世界上他最想念的小狗就是他的平戈·德欧罗，格里沃应该认识认识它。

当卢伊萨尔蒂诺来住的时候，带来一只驯化的鹦鹉，它会很多东西，名字叫帕帕科奥帕科。爸爸不喜欢鹦鹉，但是看样子对这一只并无所谓。这是一只让人尊敬的鹦鹉。大家把它的栖木挂得离厨房很近，它会唱："欧嘞嘞，嘞嘞，嘞啦，眼神忧郁的黑人啊，改变这种眼神吧……"它什么都吃。

现在米吉林成天去农场给爸爸和卢伊萨尔蒂诺送饭。他不再想特雷兹叔叔，也不再想猴子的事，但还是会往衣兜里装满石子。卢伊萨尔蒂诺许诺给他一把小刀。卢伊萨尔蒂诺让每个人都很开心。他说帕帕科奥帕科是西卡的，但是帕帕科奥帕科一直都不喜欢西卡，不喜欢其他人，不喜欢孩子，不喜欢那只叫索松伊的猫，不喜欢小狗，也不喜欢低飞的野生鹦鹉。它就只喜欢罗莎，冲罗莎打着响吻。罗莎会很亲密地和它说话："我的乖乖，你在丛林里孵蛋，你的窝里有几个蛋呀？美洲豹吃掉了你妈妈？蟒蛇吃掉了你爸爸？你的兄弟姐妹都在哪儿呢？"帕帕科奥帕科打着响吻，再次歌唱："我很难过，但我不会哭。眼神忧郁的黑人啊，这生活真是一团糟……"它唱着，唱着，难以理解，一刻不停。罗莎说那首歌叫作《亲爱的玛丽亚》。

卢伊萨尔蒂诺用竹子和乌洼草秆教孩子们做鸟笼。迪托没一会儿就学会了，做得很好，他在手工这方面有天赋。鸟笼是空的，蓝肩裸鼻雀和红胸知更鸟在笼子里是不唱歌的，紫歌雀要是被关起来就死了，但是卢伊萨尔蒂诺说稍后可以用诱饵和陷阱抓到一些很会唱歌的小鸟：铅色食籽雀、黄腹食籽雀、黑喉织布鸟。卢伊萨尔蒂诺单独和妈妈在说话。迪托听着。"米吉林，卢伊萨尔蒂诺在跟妈妈说他认识特雷兹叔叔……"可米吉林不喜欢这些事。毫无疑问，他没在卢伊萨尔蒂诺身上发现缺点。

那些日子天气晴朗，没下雨，就只有阳光、绿草、盛夏。爸爸成天在农场干活，用妈妈的话说，他干的活就连抓来的黑人都不会干。爸爸不在家对大家来说是件好事。罗莎安顿好两只母鸡——小黄头儿下了十三个蛋，平塔迪尼亚下了十一个蛋，其中三个蛋是鹧鸪蛋，白色的蛋壳上点缀着些许紫色。在孵蛋期间，蛋壳不会有碎裂的危险，也不需要给母鸡们抓虱子。也到了该制作圣诞马槽的时候了，伊西德拉姨婆让大家弄点苔藓和地衣，最后是格里沃拿了过来。牧人萨卢兹抓到一只黑绒狨猴，让它住在一个葫芦里，挂在房子后面的墙上。西卡在玩给三个假娃娃洗礼的游戏，米吉林、迪托和托梅齐尼奥扮演神父。之后，牧人们放牧归来，说道："猎狗们遇到一只巨犰狳，好大一只啊！巨犰狳扬起石头和土块，好多好多，没人能靠近它身后。如果有人爬到它身上，它就不停地挖洞……""噢！多么雄健的动物！"牧人热赞叹道。他还说有些人不吃巨犰狳，因为它的肉有花的味道。"可是其他犰狳的肉很适合做炒木薯粉啊！"米吉林听了这句玩笑话，笑了起来。牧人热不明所以，问："哎，米吉林，我要是做炒木薯粉，你吃不吃？你不是觉得犰狳可怜吗？""我确实觉得它们可怜！只不过现在我没在想这件事……"自那以后米吉林有些怨恨，因为他们问他的这个问题。而迪托，躲起来的迪托说，牧人热和玛丽亚·普雷蒂尼亚拥抱过了。疯狂的举动。

母牛辛桑生了一头白色的公犊牛，另外两头塔皮拉和韦卢达分别生了一头母犊牛，和她俩的颜色一模一样。牧人萨卢兹的老婆夏尔琳达来了，带来了她做的褐色鲜乳酪和牛奶甜点。夏尔琳达擅长讲故事，《女孩和野蛮人》《变成金鹦鹉的王子》《鱼之王》《灰姑娘》，还有《丛林之王》。她讲的都是妖魔鬼怪的故事，最棒的那些故事，惊心动魄。米吉林突然开始讲那些从他脑海里跳出来的故事：一个是一头公牛想要告诉牧人一个秘密的故事，另一个是家家都不要的一条小狗沿路乞怜的故事。这些故事就此诞生了。妈妈说米吉林是个机灵鬼，而后说迪托也是。托梅齐尼奥有些失落，因为妈妈把他漏掉了。但是妈妈搂住他的脖子，说他是老天爷头上掉下来的一根发丝。米吉林听得真切，看上去非常欣赏这种说法。有一次他跟迪托说，有时候妈妈才是所有人里最机灵的那个。

一切顺利。每天下午大家骑上马，带着母牛放牧。礼拜天一大早，天还没亮，在宁静的水里，爸爸和卢伊萨尔蒂诺要去石头井里洗澡，小大人们可以一起去，带上一块迈蒂娜做的提布瓦果子香皂。卢伊萨尔蒂诺砍下一片龙舌兰，抱住这片轻飘飘的叶子，配合拴在一起的葫芦，不会沉下去，大家都漂在水面，学习游泳。那口井里的水是河谷的溪水，没有鱼，只是看起来好像能钓到鱼。伊西德拉姨婆得去布格雷河谷当接生婆，只能在那里过夜了。家里没有她，变得更加欢乐了。罗莎领着所有孩子，换了好几个地方，钓到了鱼。就只有一条钝齿兔脂鲤，一条难看的塞耶氏下脂鲤，身上有条纹，长着一张奇特的嘴，还有一条紫色的鲶鱼，软乎乎，滑溜溜，仿佛一块坏了的肉。但好歹也算钓到鱼了，过程很有意思，大家在绿草地上恣意打着滚。结果大家听到了一个有些悲伤的消息，人们找到了帕托里，他已经死了，好像是饿死的，跑到那片空无一物的林间空地饿死了。

爸爸放下手里的活，备好马，出了这事他得去科绍看看德奥格拉西亚斯先生，令人悲伤的探望。所以，那个夜晚，爸爸和伊西德拉姨婆都不在家，是最美好的一天。月圆如镜，傍晚时分妈妈叫大家都出去散散步，想去哪儿大家商量。我们出了门，就这么爬坡爬到了椰子树林的另一边。妈妈走在前面，和卢伊萨尔蒂诺聊着。我们跟在后面，拿着木棍马头，西卡带着一个娃娃。罗莎默默唱着歌谣，玛丽亚·普雷蒂尼亚和牧人热聊着天。连猎狗们也来了，除了塞乌诺梅，爸爸把它带走引路去了。巨大的月亮爬过山顶，猎狗们叫着，吠着。迈蒂娜待在家里，弄了一杯甘蔗烧酒。牧人萨卢兹也弄了一杯爸爸的烧酒，但又跟着我们出来了。德烈丽娜冲着月亮说："月啊，月光！月啊，月光！"牧人萨卢兹说魔鬼钻进了帕托里的身体里，接着迪托问，老天爷是不是也不会钻进人的身体里，可是牧人萨卢兹不知道。他只是说着帕托里从小就开始干的那些坏事：把鸡屎装进别人的兜里，编排别人，搬弄是非，往别人身上撒紫茉莉的花粉让人发痒。迪托看起来很严肃。"迪托，你是不是不喜欢大家聊死去的帕托里？"迪托答道："我在看月亮。"如果迪托也喜欢就好了。"迪托，我盯着月亮看，感觉自己想一次性思考许多事情，思考所有事情……""那是超级大月亮，在那儿能遇到骑士……"迪托观察着月亮这么说道。月亮是离我们最远的地方，一定有许多不可思议的东西。妈妈就只和卢伊萨尔蒂诺聊着天，没注意这些。某一刻，卢伊萨尔蒂诺说，之所以有幸灾乐祸的人是因为父母过早地把女儿们嫁出去，却不让她们自己选择嫁什么人。可米吉林希望的是，在这个皓月当空的时刻，妈妈也能和他聊一聊，和迪托，和德烈丽娜，和西卡，还有托梅齐尼奥聊一聊。大家望着妈妈，满是思念。米吉林懂的东西不多。"妈妈，所以我们永远都看不到海了，永远，对吗？"妈妈说，谁都知道的，永远都去不了，因为太穷了。"米吉林，我们不会去的，"迪托肯定地说，"我觉得永远都不会去！我们住的可是腹地。所以你为什么问这个呢？""没什么，迪托。可有时候我挺想去看看海，为了不留下什么遗憾，仅此而已……"这个想法被妈妈听到了，记下了，她拉起米吉林的手，拉到她身边。当他们走到椰子树附近，妈妈说她喜欢这些树，因为它们不是吉拉斯本地的树。他们住的房子的第一任主人种下了这些树，因为他也说想在那里种一些挺拔的椰子树，但不是棕榈椰子树。不过棕榈椰子树的确漂亮！罗莎伴着音乐，把一棵棕榈椰子树的故事唱了出来：这棵树一长出来就困在了一棵椰子树的树干里，直到它老了，落下来，落到了命运为它安排的蓝色的水里。罗莎说，如果鹦鹉帕帕科奥帕科想学的话，她可以把这整首歌教给它。大家回到家的时候喝起了咖啡，没人要喝那种过于浓烈、苦涩的咖啡，只有爸爸和伊西德拉姨婆才喝那种难喝的咖啡。另外一天，也有个乐子：罗莎教帕帕科奥帕科说话，每一遍都是"米吉林，米吉林，给我一个亲亲！……"直到迈蒂娜过来看是怎么回事。迈蒂娜特别喜爱这只鹦鹉，给它起了个名字叫基舒梅，站在它跟前，赞美着，吹捧着，许诺着，而后提起裙子，甚至会把它放在头上。"米吉林，米吉林……"美妙的声音。

可是在接下来的日子里，时不时地就会诸事不顺，大家只能熬过去。说这话的人是牧人萨卢兹，他还没从帕托里的遭遇里走出来，又在骑马放牧的时候弄伤了足跟骨刺，夏尔琳达还发现了他藏在墙高处洞里的私房钱，再就是他的两颗牙总是疼，说是长了疮。后来迪托证明所谓不幸的时光确实存在，因为在礼拜天，一头食蚁兽把猎狗茹林撕得粉碎。这个消息太令人难过了，让大家难以置信，但爸爸把死去的茹林搭在马背上，准备去安葬，看见的人无不痛哭。茹林是在抓捕貘的时候死的。爸爸不想说：那头大食蚁兽抱住茹林，先用爪子扇它的脸，就像食蚁兽攻击人那样。而后它俩满地滚，食蚁兽那巨大的指甲划破了茹林的肚皮，茹林流着血，也没松开怀抱，食蚁兽又扒开它的胸口，捅破了它的眼睛。泽罗帮不上忙，其他猎狗也帮不上忙。最后爸爸杀死了大食蚁兽，但不得不让一位随行的猎人帮忙杀死茹林，好不让它受罪。它们压根儿就不该去！因为它们不是专门干这个的。布里奇多·博伊先生也捕猎，他的猎狗才是专门训练用来捕捉貘的狗呢。他们并没有杀死那头貘——它沿着小路逃了，傻瓜似的跑到了外面的空地中间，猎狗放松了追捕，貘也放松下来，可是他们没办法杀掉它。那天，爸爸伤心过度。后来，泽罗和塞乌诺梅出去找啊，找啊，它俩是茹林的兄弟。只有吉冈在睡大觉，什么都没做。那四条驯化的用来捕捉南美刺豚鼠的猎狗，卡拉特尔、卡蒂塔、索普拉多和弗洛雷斯托，在那附近一起跑着，仿佛没烦恼的孩子。

托梅齐尼奥让胡蜂蜇了，哭得很凶。伊西德拉姨婆把他领到菜园子，领到他挨蜇的地方，从紫茉莉树上榨出一些蓝色的汁液，对蜇伤很管用。大家对这东西并不陌生，每当蜜蜂和马蜂蜇了人，浑身长毛的灰色火毛虫灼伤了人，甚至是大家从树枝上摔下来，膝盖破了皮，擦伤，撞到石头或者树疙瘩上，都会用到它。糟糕的是公牛里奥内格罗正在围栏另一边的牲口食槽里舔盐吃，米吉林想把手放到它的额头上抚摸一下，让它舒服些。可这头牛的黑脑袋里全是浆糊，不明白米吉林的意图，随即扬起蹄子踢了他一脚，米吉林疼得大叫，仿佛他的掌骨都碎了似的。妈妈拿来白晶晶的盐柱，放在伤口上，那光溜溜、凉冰冰的盐柱能给伤口消肿，不过，米吉林呻吟着，气呼呼的，甚至开始生他自己的气。迪托走过来说，那头牛傻乎乎的，米吉林发觉自己明白了迪托的意思，迪托这是一语双关，我的老天啊！他都不知道自己为什么会生迪托的气——跳到他身上，边骂边打，迪托还击，两人又惊又气。"狗！""狗！"他俩在地上打着滚，让人一眼看上去以为他俩在闹着玩呢。

突然，米吉林闭上眼睛，心想，让迪托打吧，迪托想打多狠就打多狠，他就默不作声不还手，不能和迪托打架！可迪托没有打过来。迪托准备离开，没骂他，只是喘着粗气，他一定在想米吉林疯了。谁知道他是不是疯了呢？米吉林感到羞愧，甚至有些害怕、无措。他没有哭，祈求着老天保佑。他没有足够的勇气面对迪托，向迪托道歉，可能太敷衍的道歉迪托也不会原谅他。所以米吉林走开了，被里奥内格罗弄伤的手也不再疼了，米吉林坐到了凳子上，坐到了那个受惩罚的孩子需要坐的凳子上。这种羞愧让他感觉很糟糕，身子轻飘飘的，脑子一片空白。他需要静静地、孤独地等待很长时间，直到他的脑袋、他的身体恢复从前的重量，也没什么其他可做的了。这种自我施加的惩罚无疑是唯一有意义的事。

过了一阵子，米吉林再也忍不住了，他得去，去找迪托！可是迪托已经来了。"米吉林，咱们去爬果树吧……"迪托并不想说打架的事。他第一个爬了上去，这是他发明的游戏。爬之前，他把衣服掖进裤子里，简单比画了个十字，迪托是一个特别善良特别认真的人，所有正确的事他都会去做。在树上，很高的地方，他俩分别坐在一根树杈上，周围全是树叶，一个几乎坐在另一个的对面，只不过都是独自坐着。他俩坐在那儿，仿佛隐藏了一般，但能够看到自己家周围发生的事。猫索松伊在偷偷地追踪，它是能够抓住蜥蜴的，但因为爪子握得太紧，它没打过蜥蜴，这次它用同样的方法对付绿蜥蜴，那种到处都能见到的小小的绿蜥蜴，此刻钻进丛林来到米吉林家的房子旁边，但平时都生活在茂密的矮灌木丛中的绿蜥蜴。玛丽亚·普雷蒂尼亚正在沟里洗着瓶瓶罐罐，帕帕科奥帕科在栖木上打着瞌睡，迈蒂娜在洗衣石板上打着衣服。"迪托，你不生我气了？""你又不是故意的，你只是那会儿手太疼了……"迪托吸了吸鼻子，他总是感冒。迪托继续说："下次，你要是再那么干，我就打你，踢你，朝你扔石头！……"米吉林不想说他此刻正想着里奥内格罗，想着为什么一个动物或者一个人不能对别人的善意同样报以善意？他去抚摸公牛是想让它舒服些，可公牛还粗暴地攻击他。"迪托，咱俩永远都是朋友，所有人中最好的朋友，你愿意吗？""太愿意了，米吉林。我说过的。"过了一会儿，米吉林又问："你觉得里奥内格罗身上是不是也有魔鬼，就像他们说的帕托里一样？""我不觉得。"迪托想的东西很复杂，他自己也说不清楚。米吉林问得太多了，所以迪托就说，不管怎样，爸爸要找人阉了里奥内格罗，他们需要再买一头两到四岁的小牛，因为里奥内格罗已经不再适合做家牛，阉了它，把它作为运货队的牛或者待出售的牛卖掉，把它送到城市去吃它的肉。牧人萨卢兹说这样挺好，在牛棚把它阉了，就地生火，烤它的睾丸，撒上盐，牧人们就着面粉就吃了。

可是到了晚上，躺在床角的迪托整理出了答案："坏人对好人和坏人充满了愤怒，好人对坏人和好人充满了悲悯……这才是正解。""那其他人呢，迪托，我们自己呢？"迪托不知道。"只有当粗鲁的人需要对不粗鲁的人发怒的时候，他们觉得这很容易，所以不喜欢……他们担心这样做会唤起自己的善良，让自己受到感化……""那我们呢，迪托？我们呢？""嗯，我们会成长。遭受轻微折磨的人会逐渐变得强大，但是要强大得多！随着时间的推移，粗鲁的人会慢慢变得温柔，温柔……"米吉林拿来了盐柱，敷在手上的伤口上。"迪托，你喜欢爸爸，是真的吗？""我喜欢所有人，所以我希望不长大，不会死，不用照看穆通，不用喂养一大群牲畜。"

清早时分，大家都醒得格外早，玛丽亚·普雷蒂尼亚跑了。罗莎边骂边说："都是牧人热撺掇的，臭流氓！所以我一直说她头脑发热……那家伙骑着马就把这黑女人带走了，不用说肯定去了很远的地方，谁也甭想找到！"牧人热的那匹马叫阿松布拉瓦卡。牧人热是白人，脸很白，珍珠白。他怎么会全心全意地跟玛丽亚·普雷蒂尼亚谈恋爱呢？罗莎也是白人，但是有些胖，年纪也大了，没谈过恋爱。当罗莎就这样怒吼的时候，帕帕科奥帕科也发起了疯，怒气冲冲地叫着："我不再喝烧酒了，我不喜欢主人！婊子养的说的就是你！是你，听见了吗？！就是你！……"

一大早，太阳刚升起来，迪托就跑到通风台斜坡上，盯着待在窝里的猫头鹰看，他不该这样做。米吉林不想去。那是一只小小的穴居猫头鹰，自己不做窝，把蛋放到白蚁啃出来的洞里，爱在门口也就是洞口守着，我们看它的时候它会发出难听的叫声，像开玩笑似的声音："库伊克，克克，基基基克！……"然后钻进洞里。靠近一些，就只能看见它吃剩下的甲虫的壳，蛇的骨头，脏兮兮的一堆。没人爱上那儿去，因为很危险，那儿有吐着信子的毒蛇。

迪托说猫头鹰有两只，当时正在往洞里装牛粪，还转着脑袋盯着他说："迪托！迪托！"米吉林吓了一跳："迪托，你不该去！别再去了，迪托。"可迪托说他不是去看猫头鹰的，而是因为他知道牧人热和玛丽亚·普雷蒂尼亚经常躲藏的地方。"那么，那里有什么呢，迪托？""什么都没有，就只有一棵高大的树的影子，树底下是一片田间茅草。"

中午时分，小狨猴逃了，跑进一片金雀花丛，爬上腰果树，爬上去之前还顽皮地追着母火鸡，想抓住它的尾巴。所有人悄悄跟着它，要抓它回来。猎狗们狂吠着。伊西德拉姨婆嚷着，说孩子们没羞没臊。妈妈喊着，说我们在家等着，就罗莎一个人去抓猴子了。德烈丽娜叫着，说大家别追了，让那小猴子回到属于它的那片丛林自由地玩耍吧。帕帕科奥帕科叨叨着："妈妈，看呀，西卡挠我！哎呀呀，爸爸，西卡拽我头发！……"这是在学托梅齐尼奥带着哭腔的话。大家得仔细地找，不然猎狗们可能会把可怜的小猴子咬死。没抓到，它自己，独自一只，还是想回到葫芦里的。不过，就在这时候，迪托没注意脚下，踩到一块罐子的碎片，划破了脚，脚底板一个大口子，从脚的一边划到另一边。

"我的老天爷啊，迪托！"米吉林见他流了好多血，有些头晕。"喊妈妈！快喊妈妈来！"迪托说。罗莎扛着迪托，大家用盆接水给他洗净了脚，洗剩的水都让血染红了。伊西德拉姨婆用园子里的凤仙花花秆压住伤口，又紧紧地缠了几层布。大家悬着的心放了下来，罗莎端来一杯水，每人喝了一口。迪托央求着别让他待在床上，大家就挂了一张网状的吊床，让他待在门廊。

米吉林想一直陪着迪托，可迪托让他去打听一下发生了什么事。"你去看看小猴子怎么样了。"小猴正在葫芦边上吃着罗莎给的米饭。"牧人萨卢兹来的时候，问母牛比戈尔纳是不是今天生崽。""米吉林，去听听伊西德拉姨婆在和罗莎说什么呢，是关于牧人热和玛丽亚·普雷蒂尼亚的。"迪托喜欢掌握所有母牛的消息，喜欢知道所有在别的农场干活的伙伴和锄地工的事情。他又问是否有动物破坏了庄稼，玉米长到多高了。"伊西德拉姨婆，您马上要开始制作圣诞马槽了吗？""三天之后开始，迪托。"迪托走不了路，只能单脚跳，但是会疼，因为伤口很严重，化脓了。他叫来了吉冈，替他看着吊床，吉冈盯着，看着，抖着耳朵。"迪托，你生病了吗？""没有，卢伊萨尔蒂诺先生，我已经习惯这种磕磕碰碰了……""很快就会好的！""唉，先生了病才会好。"

我的老天爷，迪托的脚已经基本好了，只是又感冒了，突然某一天，他开始病得很厉害，病得开始哭泣，因为他感到头和后背出现剧烈的疼痛，他说仿佛有人把铁签子扎进了他的脑袋里。他不断地呻吟着，呼喊着，整个房子充斥着痛苦。卢伊萨尔蒂诺备好马，准备到一个卖药的农夫那里买能够减轻疼痛的药，得一天多的路程。伊西德拉姨婆找来一块湿布，放上植物"落地生根"的叶子，套在他头上。"让我们祈祷吧，让我们祈祷吧！"伊西德拉姨婆念叨着，她从来没这么慌张无措过。大家决定往水里加一点烧酒，给迪托喝一口，可他高烧不退，吃的东西全吐了，都不知道是什么时候吐的。伊西德拉姨婆到屋里来睡了，大家把托梅齐尼奥的小床搬到了卢伊萨尔蒂诺的屋里。米吉林说他想留下来，大家在地上给他铺了一个席子，因为迪托得自己睡在那张单人床上。迪托呻吟着，大家听到了伊西德拉姨婆捻动念珠的声音。

过了几天，迪托好些了，就只还是哭，要喝糖水。米吉林坐在地上，紧挨着他。伊西德拉姨婆得开始制作圣诞马槽了，迪托没法儿过去看，她要把存在大箩筐里的造型动物们拿出来，公牛、狮子、大象、鹰、熊、骆驼、孔雀，还有那些穆通没有的甚至吉拉斯州都没有的动物，还有圣母玛利亚、圣若望、东方三博士、牧人、士兵、铁皮车、星星和刚出生的耶稣。伊西德拉姨婆时不时地拿起这样或那样的东西给迪托看，比如她把磨好的碳粉、玻璃粉和云母粉混在粗胶里，刷在布上让布变硬。可是迪托太想看她装饰马槽了，用变硬的布包裹盒子和木棒做成山，搭成了马槽山洞。用蓝靛和毛地黄混染出来的布呈现出一种漂亮的绿色，点点斑斑，仿佛重新长出新芽的丛林。山洞里还挂了几个彩色的大球，闪闪发光。稻谷种在铁桶里，放到黑乎乎的地方生长，避免它变绿、发黄。还有一潭湖水，湖里鸭子、鱼、白熊、大青蛙、乌龟、尖嘴海豹，应有尽有。这些东西绝大多数都是伊西德拉姨婆的，她走到哪里都带着，从她年轻的时候就有这个习惯。都准备好之后，就差把刚出生的耶稣放到山洞的马槽里了，旁边摆上他的爸爸妈妈、那头牛和那头驴。还放了一个菠萝，让马槽清香四溢。每过一年，马槽里的东西就更丰富一些，会有来自吉拉斯州各个地方的陌生人前来观看。不过现在迪托没法帮忙装饰马槽，所以米吉林也不想去了，他坐在地上，挨着迪托床边，即便迪托困了也不离开，现在迪托无时无刻不想睡觉。

西卡和托梅齐尼奥可以随时看装饰马槽，想什么时候看都可以，但他们还傻傻地嫉妒米吉林和迪托可以不去看。他俩和牧人萨卢兹的小儿子布斯蒂卡一起来到迪托的屋门口。"你们不能去看装饰马槽，所以是要下地狱的！"这是西卡教给托梅齐尼奥说的。她还教布斯蒂卡做鬼脸。迪托并不介意，甚至觉得挺有意思。但是米吉林还记着要给迪托讲故事，狮子的故事，犰狳的故事和海豹的故事。托梅齐尼奥、西卡还有那个叫布斯蒂卡的小孩也跑来听，把圣诞马槽的事儿给忘了。迪托真的很喜欢听，央求着："再讲一个，再讲一个……"米吉林可以毫不费力地讲故事，讲很长的故事，讲从来没有人听过的故事，不停地讲，既兴奋又紧张，这对于他来说是让别人理解自己的最好机会。他想起了阿里斯特乌先生。他也讲故事，讲述着宁静的生活，新的生活，充满慰藉的生活。即便他明白，他明白的，老天爷才是掌控一切的人。"迪托，总有一天我会讲一个非常美丽的故事，一个在所有故事中最属于我的故事，也就是我和平戈·德欧罗的故事！……"迪托的眼睛里闪着快乐的光芒，而后他睡着了，露出天真的微笑，看起来要一直睡下去似的。

平塔阿玛雷拉下的蛋孵出来了，全活了，当中有三只鹧鸪。罗莎把这三只放到箩筛上，拿给迪托看。可迪托让米吉林到小花园里去看看，回头告诉他它们是不是真的都活着。迪托的头又开始剧烈地疼起来，但是此刻卢伊萨尔蒂诺带回来一些药片，他就着一口水咽下去，感觉好了些。"迪托，那三只鹧鸪就是魔鬼！鸡妈妈以为它们是她的孩子呢，但是看起来它们知道自己不是。成天支棱着翅膀想要跑到草原去，从那群小鸡兄弟姐妹中逃走。不过鸡妈妈放小鸡们跟在它们后边，叫啊叫，她自己在土里翻找虫子给它们吃……"迪托烧得很厉害，额头烧得都要脱皮了。"米吉林，我要说一件事，一个秘密。你听就行了，连我也不要再告诉了。"迪托坐在床上，但是腿没法伸直，只是固执地在膝盖处打个弯。迪托身上每一处都开始变得僵硬。"米吉林，等一下，我后脖子发硬，没法低头……"即使情况越来越糟，迪托也从没抱怨过。

"米吉林，没旁人的时候，伊西德拉姨婆是不是会一直骂妈妈？"米吉林不知道，他几乎从来都不清楚大人之间的事。但是迪托突然开始控制不住地做鬼脸，看样子要发病。米吉林叫来伊西德拉姨婆。没什么事，只是附在他脸上的病容而已。

后来，大家在地上挖蚯蚓给小鹩鸪们吃。可是小狨猴抓住那三只小鹩鸪，弄死了它们，很可怜，它把它们的肚子都剖开了。米吉林没告诉迪托，免得他伤心。"三只小鹩鸪吓坏了，它们长得太快了……对了，明天是圣诞节啊，迪托！""听着，米吉林，有件事你能原谅我吗？我挺嫉妒你的，因为帕帕科奥帕科会说米吉林给我一个亲亲……却不会念我的名字……"迪托身上还是有毛病：僵硬的双腿，只在膝盖处打个弯，僵硬的脖子托着僵硬的脑袋，使他只能往上看。更糟的是，脚上的伤口还没好，即使涂了药膏，疼痛也会持续很久。不过，鹦鹉帕帕科奥帕科须得先学会念迪托的名字！"罗莎，罗莎，你能不能教帕帕科奥帕科大声念一下迪托的名字？""我已经试过了，米吉林，因为迪托自己也跟我说过。可它不想念，什么都没说，确实有些名字它一直搞不明白……"迪托喜欢吃爆米花，罗莎正在烤，为了让玉米花爆得更充分，罗莎用一把铁勺敲打着锅盖，让大家大声喊出来，而她自己喊着那些守不住秘密的人的名字："玉米花，爆开夏·托尼亚·多蒂昂的嘴吧！爆开任努阿娜太太和里塔·帕普莎的嘴吧！……"米吉林来取刚爆完还蹦着的爆米花，告诉迪托罗莎喊的那些话，信誓旦旦地说帕帕科奥帕科已经开始学着拼读迪托的名字了。迪托疼得厉害，闭着眼呻吟着。"稍等一下，米吉林，我想听一听母牛们的叫声……"此刻正叫着的是母牛阿卡布里塔、母牛达布拉迪萨、母牛阿图康。长长的一声叫喊，呼唤着小犊牛。"米吉林，我一直都想好好做一个农场主，拥有一个大大的农场，什么都种，什么都养，遍地家畜……""可是你会的，迪托！你会拥有这一切的……"迪托眼神凄凉、空洞，就像看着一面镜子那样感伤。"可不久之后，该结束的那些，最终都会结束……"米吉林说明天伊西德拉姨婆要把刚出生的耶稣放到马槽了。再之后，每一天她会把东方三博士的位置往前挪一点点，这样他们每一天离圣诞山洞都会更近一点，等到了三博士迎接圣诞那天，他们三位，一位白人博士、另一位白人博士，和那位黑人博士就能一起到达山洞了……"可那之后一切就结束了，米吉林，一切就结束了……"迪托无法平静地入睡，一边睡一边呻吟着。

　　迪托的病情急转直下，大家不明所以，不是在祈祷就是在哭泣，所有人都想帮他一把。卢伊萨尔蒂诺又给马配上了鞍，准备快马加鞭去接阿里斯特乌先生和德奥格拉西亚斯先生，他们从药店买了药。爸爸也不去农场干活了，再怎么也不肯去了，两眼通红。迪托有时候斜着眼，高声喊着头疼，大家一直在说他烧得更厉害了，后来他说着胡话，吐着，感觉不到光亮，渐渐睡得很沉，只是偶尔在睡梦中发出几声恐怖的惊叫，并没有醒过来。米吉林傻傻发着呆，不明白是怎么回事。他在房子里走到哪儿哭到哪儿。

德奥格拉西亚斯先生来了，苍老了许多，也瘦了不少，他说帕托里没有大家想象的那么坏，还说老天爷为了惩罚世人，想要收走所有的孩子。阿里斯特乌先生来了，这次没开玩笑也笑不出来，深深地拥抱了米吉林，指着迪托说："我觉得他比咱们强……今天连小蜜蜂们都不抖动翅膀了，那可是它们的使命啊……但是，米吉林，如果大家确实很伤心，那么真正的悲伤不是银，而是金……"布里齐多·博伊先生来了，他是托梅齐尼奥的教父，人高马大，穿着一双黏着土块的脏靴子，边哭边叹息说自己见不得别人受罪。格里沃跟着他妈妈来了，她年纪挺大了，亲吻了迪托的手。突然，牧人热和玛丽亚·普雷蒂尼亚也来了，两个人羞愧难当，只垂着眼皮看着地。但是没人冲他们发火，爸爸甚至说，以家里的状况来说，其实他俩没必要离开，留下来干活就行。伊西德拉姨婆说，等哪天有神父路过这附近，他俩就能合法结婚了。牧人热同意了，拉起玛丽亚·普雷蒂尼亚的手，走到迪托的床边。他对玛丽亚·普雷蒂尼亚很亲昵，很绅士，关怀备至。此刻，大家都跟着伊西德拉姨婆来到神龛面前，跪下来哭着祈祷，求老天爷把属于迪托的健康还给他。只有妈妈跪在床边，照顾着她的孩子，说着什么。

祈祷一刻没停。某一时刻，迪托叫米吉林过去，想和他单独待一会儿。迪托几乎已经说不出话来了。"米吉林，你还没给我讲平戈·德欧罗的故事呢……""可我讲不出来，迪托，我实在讲不出来！我太爱它了，每一天都是……"为什么不能编一个故事呢？米吉林呜咽着。"没关系，米吉林，就算瞎了，它也能认出我来……""在天上吗，迪托？是在天上吗？"一种绝望的气息堵在了米吉林的胸口。"别哭，米吉林，要说我最喜欢谁，除了妈妈就是你了……"迪托此刻也无法说出话来，他的牙齿仿佛立不起来，嘴也张不开，可即便这样他还说努力吐着字："米吉林，米吉林，我要把我此刻知道的事情告诉你，就是，即使发生再糟糕的事，我们也可以永远快乐，快乐下去。我们一定会非常快乐，更加快乐，发自内心的快乐！"迪托想冲米吉林笑笑，可米吉林号啕大哭，哭到几近窒息，其他人过来，把他带出去了。

米吉林疯狂地控制自己别再哭了，疯狂地想要跑出去求助。他跑到神龛那里，又担心打断大家祈祷。他跑到院子里，站在猎狗中间哭。迈蒂娜围着房子转，用她的土语咕哝着，也很担心迪托。"迈蒂娜，他是不是要死了？"米吉林拉着她的手，想要快点走。他们走进迈蒂娜住的耳房，里面漆黑一片，但她吹起来的那微弱的火苗总是若隐若现。"迈蒂娜，施个法术让他别死！快，把你会的所有法术都试一遍……"可就在这时，就在一念之间，他感觉到有什么东西从心头坠落，他猜已经晚了，一切都结束了。他听见大家的哭喊声回荡在整个房子里。他再次跑出去，没再哭，只是不由自主地喘着粗气。德烈丽娜走出来，脸色惨白得如同盐块，说："米吉林，迪托走了……"

米吉林走进屋，推开其他人，那一刻他感到一阵疯狂，仿佛突然看到希望一般。咽了气的迪托跟活生生的时候没什么两样，米吉林握住他那冰冷的手。他哭得说不出话来，涌出两行热辣辣的眼泪，仿佛眼眶都盛不下一般。伊西德拉姨婆拉开他，把他带出了屋子。米吉林坐在地上，坐到一个角落里，哭着，不想停，也停不住。"迪托！迪托！……"就这样，他站起身来，从角落里走过来，紧咬着嘴唇忍住泪水，这样别人就会让他留在屋里了。大家在大盆里给迪托擦身。妈妈轻轻捧起迪托受伤的脚，仿佛脚碰到盆的边缘，迪托还能感受到疼痛一样。妈妈那充满爱的双手托护着迪托受伤的脚，是这世界上最令人动容的画面。"看他这一头漂亮的头发，他的小鼻子……"妈妈哭了，"我可怜的宝贝多美啊……"米吉林待不下去了，跑到了卢伊萨尔蒂诺的屋子，躺到床上，用手捂住耳朵，用枕头蒙住眼睛，他需要好好哭一场，哭一辈子，这样就不会孤独了。

夜幕降临，米吉林睡不着，在桌子前熬着。房子里点满了蜡烛，迪托躺在那儿，像个小王子一般，只有一只脚穿了靴子，身上用白色的布和鲜花盖着，但也是所有人中最严肃的那个。不过，米吉林的困劲上来了，都没听清他们把他抱到哪儿去了。醒来他在爸爸妈妈的床上。指夜路的星星都熄灭了，死讯也传开了。穆通聚集了很多人。

除了阿里斯特乌先生、布里齐多·博伊先生和德奥格拉西亚斯先生，还有年冈、索安德先生、弗列萨和一个叫卢戈利诺的小男孩，布拉兹·多·比昂先生和他的两个孩子坎西奥和埃梅伦西奥，比昂先生手下的牧人们托马斯、卡瓦尔坎特和若泽·卢西奥，以及布拉兹·多·比昂先生的夫人欧热尼亚娜太太。此外，还有给爸爸打零工的锄地工们。他们每个人有自己的名字，也是老天爷造出来的人物：其中一个叫科尔内利奥，他的孩子阿库尔西奥，还有雷蒙多·博姆，尼奥·卡尼奥托，若泽·德萨。之后又来了一位名叫夏娅的女士，阿特拉斯-多阿尔托农场的女主人，胖胖的，挺有意思，她只是一直在说她是悄悄来的："我是从林子里穿过来的！我是从林子里穿过来的……"圆墩墩的蒂奥托尼奥·恩戈莱也来了。牧人里杜阿尔多亲自来了，带着他的孩子里杜阿尔迪尼奥和茹斯托，他俩也同样是牧人。上了年纪的罗沙苏鲁宾，他的老婆莱莱娜太太，以及三个已婚的孩子，其中两个还带了各自的老婆，一行人从布格雷河谷而来。其他人也陆陆续续赶来了，甚至包括谁也不认识的两个外乡人——他们是来采买犊牛的。还来了很多女人，一位姑娘。米吉林睡不着觉，浑浑噩噩，身心疲惫，支离破碎，已经惯于接受现实、忍受痛苦，时而悲伤，时而欣慰，这么多人来到这里，为了迪托，为了纪念迪托，男人们会扛着迪托，走上几乎一整天的路，他们说，这样做能够在"合适的时间"将他葬在特伦滕河谷前面用石头堆成的坟墓里。

"那特雷兹叔叔呢？"某一刻米吉林走到远离人群的地方问牧人热。不过，后来是牧人萨卢兹告诉他："米吉林，特雷兹叔叔不知道这事，他离我们太远了，在吉拉斯达巴伊亚那地方放养家畜呢……"

因为路途遥远，大家得早早出发，这会儿正吃着碎肉拌木薯粉和水煮木薯块，喝着咖啡和甘蔗烧酒。肉干不够所有人吃，所以牧人萨卢兹杀了长得最好的那头小猪，而迈蒂娜在厨房里不停地打着肉末面团——仿佛无声的抱怨。除了吃喝，大家路上还得带一大瓶烧酒。罗莎出去找了一些花回来，很快又找来一些，流着眼泪，感觉花还是不够多。妈妈跪在地上，慢慢地抽泣，但时间飞快地流逝着，美丽的头发遮住了她的脸颊。伊西德拉姨婆发着牢骚，来来回回踱着步子，连她自己的气都生。

锄地工到树林里砍了些树枝，其中包括一根巨大的番荔枝树枝。爸爸铺开一张棕榈叶编成的网。可妈妈哭喊着，不想让他们把她的宝贝放到棕榈网上，而是要放到洁白的布单子上。所以大家用一块花布把迪托裹好，周围放上装饰用的迷迭香，固定到长长的树枝上，爸爸抓着树枝的一头，布拉兹·多·比昂先生抓着另一头，把迪托抬了起来，其他男人都离开了。米吉林大叫一声，清醒无比。伊西德拉姨婆高声祈祷着，待最后一个男人出去之后便关上了门。米吉林极力压抑着内心的悲伤。

之后的每一天都充满了痛楚。米吉林偶尔会走出悲伤，但总是待在一个地方不愿离开。当眼泪的力量积蓄到一定程度时——其实这是好事，因为只有在大哭的时候，灵魂似乎才能彻底解脱——所有往事浮上心头，新近发生的事，十分久远的事。然而，哭得久了，就累了。在他面前，那些人，那些事，失去了存在的意义。那些地方，还有穆通，都空荡荡的，显得有些僻静。米吉林自认为与众人不同。隐约中，他的脑海中重复着同一个画面：那还是他很小的时候，有一次，他不同往常地在白天睡大觉，醒来的时候，在某个奇怪的时刻感受到了这个世界的存在，惊讶地问："哦，妈妈，今天已经是明天了吗？"

伊西德拉姨婆评判道："这可不是对死去兄弟的怀念，而是焦虑……"米吉林听着这话，耸了耸肩。现在他觉得伊西德拉姨婆不爱动脑子。

米吉林时不时就会生气。不是气别人，也不是气老天爷，究竟在气谁、气什么事，他自己也不知道。反正就是气。他不能也不想回忆起迪托活着的时候，他俩在一起聊天和玩耍的日子。如果奇迹发生，如果迪托没有死，如果他能有血有肉地回来，如果一切都能回到过去，如果今天、明天、以后、永远，他俩还能把以前应该聊却没能聊的话说出来，把应该玩却没能玩的玩一遍，他就愿意记起一切。"如果迪托没死，今天他会说什么呢？什么呢？……"想到这里，米吉林哭得更凶了。

但是当他想起大家把迪托放到盆里清洁身体、妈妈抱着迪托的身体说的那些话时，他哭得非常厉害，哭得惊天地泣鬼神："他的脚还肿着呢……瞧这美丽的头发……这小鼻子……我可怜的孩子多么美啊……"妈妈的这番话不绝于耳，久久回荡在他的脑海中，是他内心最深的痛处。啊！妈妈不该说那些话……可他需要再听一次："妈妈，在他们给迪托清洁的时候，你说的是什么？什么头发鼻子脚受伤的？"妈妈记不起来了，也无法完整地复述那些话，因为那只是当时悲痛时随口说的，但具体是什么，她也不知道了。以前，就算是他米吉林，也没注意过迪托的头发和鼻子是怎样的。他走到仓库，哭了起来，哭个不停，之后，学着妈妈的声音，高声重复着那些话。他必须把它们记在脑子里，背下来，尽管要再一次忍受痛苦。如果不这样做，有些很要紧的、必须记一辈子的东西就会消失。"妈妈，当时你什么感觉？你有什么感觉？……"

米吉林还得问问其他人，问问他们是怎么想迪托的，觉得他是什么样的人，让他们印象最深的是哪些事，方方面面都问到。但是所有人，从托梅齐尼奥和西卡，到卢伊萨尔蒂诺和伊西德拉姨婆，尽管他们表现出应有的悲痛，却只是泛泛地说起一些事，他们不知道自己不走心的样子有多可笑。只有罗莎看起来除了悲伤还有共情，不过悲伤是米吉林能看出来的，共情是他猜出来的，因为他想要找到的就是这种在活着的迪托身上回忆起死去的迪托的点滴，或者在死去的迪托身上找到活着的迪托的影子。只有罗莎说过一次，说迪托是一个在山丘背面仰望天空的灵魂，所以不会在这里待很久。她说，迪托和每一个人说话时都把他们看作独一无二的人，可他又喜欢所有人，仿佛他们并无区别。她还说，迪托在生活中从未改变过，所以，如果大家有他的画像的话，可以看看如今他的面貌发生了怎样的变化。可她问了一圈，没人有迪托的画像。她还说过，迪托看起来像个小老头，仿佛一位有着年轻面容的老者。

米吉林抓着罗莎的手，依然哭着，却释怀了许多，那是他第一次拥抱罗莎。不过，就在那时，下了蛋的鸡走了过来，身后跟着它的宝宝，罗莎把它指给米吉林看。"哦，罗莎，这是平塔迪尼亚吗？平塔迪尼亚也已经下蛋了？""已经有些日子了，米吉林。就是在那几天……""我怎么就没看见呢？""是呀，米吉林，你想看的就只有小黄头儿，因为它孵出三只小鹧鸪……"

之后他又和迈蒂娜聊。迈蒂娜是一个充满想象力的女人，一个持之以恒的女人。她很看重迪托的善良，说迪托会出现在梦里，和大家打招呼，接受大家的赞美。只要需要，迈蒂娜是一个随时可以说起迪托的人，可以陪米吉林一起为迪托哭泣的人。他俩一起做的事，都是迈蒂娜最先想出来的。米吉林和迈蒂娜选择了格尼帕树下一个隐蔽的地方，挖了一个洞，一个小小的坟。他们把迪托的衣服、裤子和玩具埋了进去。但是迈蒂娜在自己存的宝贝里翻了翻，找出了一堆东西：泥土做的娃娃、木棍做的娃娃、黑色和白色的羽毛、用细细的藤条绑起来的石头，还有一个东西。"这是什么，迈蒂娜？""托梅给我的。托梅给我的……"原来是那个从报纸上剪下来的姑娘的像，是米吉林从苏库里茹带回来的，是妈妈从西卡手里拿走撕掉的那张像，迈蒂娜用粗胶把碎片粘好，粘到了牲口食槽的一块碎片上。米吉林眼里噙满了泪水。所有东西，连同迪托的东西，一并埋了进去。他俩填上土，又去捡了些石头，在河里洗净，一块挨着一块摆在地上，标记出坟墓的位置，看起来像一个圆形的贴满墙砖的土包。如果迪托也埋在这里，而不是埋在特伦滕那么远的坟墓的话，应该也是这么个流程。只有米吉林和迈蒂娜两个人知道这个空坟是什么。每当下雨的时候，他俩就会去看看。如果说雨水是悲伤的，他俩也会跟着痛哭一场。米吉林偷了些烧酒给迈蒂娜。

之后的一天，没人指使也没人教，帕帕科奥帕科突然叫开了："迪托，埃斯佩迪托！迪托，埃斯佩迪托！"它叫得既兴奋又满意，因为它已经学了太长时间了，在它的脑袋里独自探索着，以便学会说迪托的名字。米吉林都说不清自己是什么感觉了。大家都在斥责帕帕科奥帕科，好让它赶紧忘掉它拼命喊出的名字。还有一些米吉林不太明白的事，帕帕科奥帕科总在自己低声咕噜着，米吉林现在有时候会怀疑那咕噜声意味着鹦鹉想要说点什么。米吉林甚至想爬到通风台斜坡上去看看穴居猫头鹰，他并不害怕那些吐着信子的毒蛇。可是白蚁洞的主人不在了。"猫头鹰离开了，住到一个犰狳洞去了，在那片山谷……"牧人萨卢兹解释着，他之前见过它们，和米吉林找的应该是同一窝猫头鹰。不过，米吉林并不想到那片山谷去看它们，不想听到母牛阿卡布里塔和母牛达布拉迪萨的叫声，不想再编故事，当他往回走的时候，也不想看那轮圆月洒下的银光。

"这孩子魔怔了，你得干点活，找点事做，这才是你需要做的！"爸爸说着，加重了语气骂着，看都不看米吉林一眼。妈妈有气无力地维护着他，说他只是过于悲伤了。"放他娘的屁！"爸爸骂得更凶了，"他想做的就只是超越我们，他是一个不在乎别人的孩子，就知道指挥这个指挥那个。好在他快到能帮着干活的年纪了，磨磨手上的茧子，蹭蹭脚底板的骨头，好好练练这身板！"爸爸这样慢吞吞地说着，长吁短叹，妈妈住了嘴。伊西德拉姨婆帮了腔，因为她觉得米吉林过于任性，还会受到不成熟思想的伤害。

自那以后，大家不再让米吉林一个人静静地发呆。他得去仓库给玉米脱粒，给菜园子割草，去牧场接马匹回家，去山沟的木篱笆旁边捡煤渣。不过米吉林也确实想干点活。现在他满脑子想的是应该完成迪托的心愿，像迪托希望的那样生活。

可是米吉林不知道该怎样模仿迪托，他做不到。按大家的话说，他现在处于一种没羞没臊的状态。他吃得很多。每次午饭吃撑了，就想躺到地上。"起来，米吉林！帮罗莎找柴火去！"米吉林应声去了，慢吞吞地，因为害怕蛇。即便生活令他沮丧，他还是害怕死亡。只是他不再那么怕人。一切都是枉然，已经发生的和还没发生的事，加上迪托死了这件事，所有的一切突然就无声无息地结束了。慢慢腾腾。他感觉自己不再喜欢任何人，对所有人都充满了无声的愤怒。主要是针对爸爸的。可难道不是爸爸先开始厌恶米吉林的吗？爸爸只要一看见他就立马咆哮起来："臭小子，赶紧让鬼把你抓走吧！自以为是……好管闲事……"后来，爸爸对所有人都开始心生反感。他因为一些小事奚落妈妈："尼亚妮娜就是想把咱们家耗光，用了那么多的糖，就做出了这点儿甜乎乎的食物，多丰盛啊！"妈妈做这道甜食是因为孩子们和他米吉林都很喜欢。所以，就连伊西德拉姨婆有一天都嘟囔着感叹，米吉林听得很清楚："贝罗这家伙啊，心跟石头一样硬……"米吉林不愿意多想，他不确定姨婆是不是一辈子都看爸爸不顺眼。

爸爸给一把小锄头装上了把儿。"明天，就明天，这孩子该去农场帮忙了。"既不悲伤，也无欢喜，米吉林就去了，一大早，跟着爸爸还有卢伊萨尔蒂诺一起去了。"你负责这块地，把草割掉。"米吉林埋头苦干起来。爸爸从不和他交流，米吉林宁愿把不高兴埋在心里，忍受着疲惫，哪怕有时很难做到——其实我们能做得到，如果不抱怨的话。爸爸和卢伊萨尔蒂诺搭着话，停下手里的活儿抽根烟，说笑着。卢伊萨尔蒂诺人很好，真心疼爱米吉林："米吉林，你现在需要放下锄头歇一会儿，你脸都红了，衣服都湿透了……"后来大家就脱了上衣，只穿着裤子干活，在阳光下，汗水随着后背的起伏不住地往下流。由于没穿鞋，米吉林的两只脚扎满了刺。酷热难耐，大家时不时就得停下来喝水，可罐子里的是热水，不能立马解渴。太阳火辣辣的，下午大家就回去了。米吉林浑身疼痛，疲惫不堪，快被烤干了。他手里攥着个东西朝着爸爸走过来。"那是什么东西？你手里藏着的什么？""是瓢虫，爸爸。""什么瓢虫？"原来是一只漂亮的甲虫，长着红色的斑点。爸爸见了很生气，骂道："瞧见了吧！你一辈子就这么蠢，笨蛋！"还有一件事让爸爸见一次骂他一次，就是米吉林总是不注意脚底下，不是滑倒就是跌倒，差点摔到坑里。"简直就是个近视眼……"

有时候，德奥格拉西亚斯先生会去农场，就蹲在那儿，想跟爸爸聊天，长吁短叹自己糟糕的处境。他只会聊那些让人伤心的事，后来爸爸跟卢伊萨尔蒂诺说他都听烦了。"是呀米吉林，你一次失去了两个那么要好的朋友——迪托和帕托里……"德奥格拉西亚斯先生说着，深吸了一口气，感叹道。"是呀，尼奥·贝尔诺先生，这些事要结束了，会结束的……咱们没有资源，没有上面的护佑，有的就只是劳作和疾病、霉运和愚蠢……起先，我确实想着能帮上忙，能帮着改变些什么，哪怕是很细微的改变。啊，我想过要帮忙的，可那都是瞎琢磨！现如今……就我所知道的，现实中发生的就是，这个世界要完蛋了……"德奥格拉西亚斯先生坐在地上，打着盹。之后还说帕托里是个好心的孩子，会起得很早给他过滤咖啡，他总是乐意帮忙……德奥格拉西亚斯先生又打上盹了，当他醒过来的时候继续说："啊，尼奥·贝尔诺·卡兹先生，缺什么我知道，我知道的。是钱……缺的是钱……"

米吉林一个人睡在单人床上，但有一天晚上猫索松伊来了，躺在先前迪托的位置，角落里，它那双绿色的眼睛在黑暗中显得格外宁静，它是那么漂亮，那么安静。又一天晚上它没来，米吉林在一堆灰烬那里找到了它。后来，索松伊就知道了，它每晚都来，可托梅齐尼奥不愿意，爸爸生气地骂着，不允许猫睡在那里。米吉林已经开始习惯一个人睡了，没有陪伴，一个人占着一整张床，可以平躺下来，舒展开胳膊和双腿。他心里有事，好长时间睡不着，听着成熟的美洲格尼帕树的果实突然掉到地上，摔瘪了，满地都是。他想起了帕托里，想起了德奥格拉西亚斯先生说的那些话。所以，他米吉林也算是帕托里的朋友，可他自己竟浑然不觉？怎么会呢？他在脑海中探寻着，找呀，找呀，往远了找，在记忆中最黑暗的地方找，慢慢他找到了，他想起来了。他想起有那么几次，帕托里并没有捣蛋。帕托里吹着口拨琴，一只用棕榈纤维制成的口拨琴，用手指弹着，非常美，略带忧伤。另外还有那么几次，帕托里模仿各种动物的叫声给米吉林听。"米吉林，你现在想听什么啊？""马！""马，马，马？嗯是这样的——咴，咴，咴……"说着他在开始地上踩呀踢的，用他那又长又白的脚丫子学着马的动作，他那脚趾甚至能从地上夹起泥块扔到远处。"现在呢，米吉林？""鸭子！""白鸭子，黑鸭子，海番鸭，孵蛋鸭吗？是这样叫的——嘎，嘎，嘎……""红腿叫鹤！学学红腿叫鹤！""噢！围栏里的红腿叫鹤是这样的——嗝！嗝！嗝嗝嗝嗝……"米吉林笑得肚子疼，而帕托里却一脸严肃地说："米吉林，米吉林，生命就是这样……"很有趣的经历。

而迪托让米吉林无时不刻不在想念。可是，即使他没有主动去想的时候，内心深处的痛也无法抹去——那是无声的痛，彻底的痛，是有人离世时旁人最普遍的感受。"米吉林，你正在成长……"牧人萨卢兹说道。萨卢兹让人买了一顶漂亮的新皮帽，把旧的卖给了牧人热。

有一天，卢伊萨尔蒂诺不舒服，就没去农场干活。那天爸爸有那么一刻想和米吉林聊聊天。德烈丽娜、西卡和托梅齐尼奥送来了午饭，之后回家去了。爸爸点了一支烟，问米吉林夏大豆的种植，又问能卖给布拉兹·多·比昂先生多少车玉米。米吉林不知如何回答，他的脑袋仿佛不是用来记这些事的。爸爸拉下了脸，说："米吉林，看那边！"米吉林眼睛跟了过去，没看，也没说话。爸爸让他看的是一株地里长出来的植物，就在前边不远处，但米吉林没有立刻看到它。爸爸没再说什么。可是到了晚上，在家里，就当着米吉林的面，爸爸跟妈妈说他都没注意到，迪托才是个好孩子，可惜让老天爷召回身边去了，要是能让米吉林代替迪托让老天爷带走才好呢。

第二天，让大家没想到的是，大哥利奥瓦尔多回来了，和舅舅奥斯孟多·塞辛一起，从里索尼亚村回来了。爸爸、妈妈和所有人又惊又喜，都没人去农场干活了。他俩回来待上半个月，看看大家，因为他们得知了迪托的死讯。奥斯孟多·塞辛舅舅给妈妈带来一块做衣服的布，给爸爸带来了一把新的刀，给每一个孩子带了一件衣服，还带了一些面包给大家，还有鳕鱼，还给伊西德拉姨婆带了一串紫色的念珠。奥斯孟多舅舅拥有上好的马匹，精致的背包，马鞍前面放着一个装东西的牛皮箱子，那皮子很好闻。他仪表堂堂，长着满脸的胡子。他什么都问了一些，了解了很多事情，他说这个地方最开始叫乌鲁穆通，后来改名叫穆通，以后可能还会叫其他不同的名字。大家见到奥斯孟多舅舅，感到了一丝希望，但他很快就说不喜欢米吉林，就是不喜欢，只解释说："这孩子不太友好……"他说这话的时候动着嘴唇，摇着头，铁青着脸，那不高兴的样子简直就是魔鬼赋予他的。

大哥利奥瓦尔多有一个用嘴吹的口风琴，才借给米吉林吹了一会儿，就说米吉林没天赋学这东西。后来他又想去看看所有的玩具，就跑到菜园子深处探查去了。他还摸了摸鱼钩，甚至还动了动爸爸的鱼钩。他说如果可以的话，走的时候要把帕帕科奥帕科带走。之后他坐到牛棚的食槽上，一直吹着口风琴，想要大家都围着他。

　　过了几天，米吉林没什么休息时间，没法跟利奥瓦尔多一起玩，因为他很早就得去农场干活。利奥瓦尔多牵来一匹配了鞍的马，跟牧人萨卢兹还有牧人热一起出去骑马放牧。即使在不用去农场的时候，爸爸也会叫米吉林去捡柴，同去的还有一个锄地工人的孩子，叫阿库尔西奥。爸爸需要很多柴，两个孩子牵着那两头老驴一起去。后来，因为剩了许多牛奶，爸爸派米吉林每天负责把盛满牛奶的罐子带到布格雷，米吉林还从没去过那地方呢。妈妈不想让他去，说他还小呢，不能独自一人去那么远的地方，可爸爸坚持让他去，说比他更小的孩子都能去更远的地方，得试试米吉林，看他会不会检查马腹带的松紧，有没有能力独自勒紧它。

　　米吉林骑上马，装好驮架，双腿朝前跨好。因为没有放鞍垫，所以硌得慌，好像坐在一根木棍上似的。牧人热教他往驮架上垫些茅草，卢伊萨尔蒂诺借给他一张羊皮，折成三层铺在茅草上。这下就没那么硌了。爸爸在驮架上挂了两大桶牛奶，一边一桶。米吉林带着大家的祝福出发了。牛奶桶一晃一晃的，发出唰唰唰的声响。马跑不起来，只能一步一步慢慢走。要是跑起来，奶就洒了。旅程将近一里格半，路上很无趣，米吉林十分困倦，快要在马上睡着了，没精神也没兴趣编故事了。不过，在半睡半醒时他还想着迪托，是的，还想着。

现在最糟糕的是，当他马上到达目的地时，也就是刚刚走过布格雷桥的时候，灌木丛边上有一排房子，住着几个调皮捣蛋的孩子，其中一个孩子的爸爸不喜欢米吉林的爸爸。这帮人专等着米吉林路过，好朝他扔石头，扔石块，辱骂一番。米吉林什么都做不了，只能在马上要到那里的时候，使劲踢了一下马肚子，鼓舞着马匹冲过去。装牛奶的桶左摇右晃，洒了一地的奶，后来爸爸知道了，要惩罚米吉林。

回来的路上，就在最倒霉最沮丧的时候，他慢慢想起了迪托有一次说起的一件事："人们身上都有一条擅长嗅寻的狗，隐藏在每个人的心里，他们自己并不知道。这条躲在人们心灵深处的狗，会在大家内心软弱、肮脏、卑劣或者犯错的时候跳出来……人们自己意识不到，但会表现出来，也就是欺负我们，戏弄我们……""可是，迪托，你的意思是我们做错了一切，所以要承受这一切吗？""是的。"迪托如是说。可是后来他忘记了自己说过的这些话，他和其他人是一样的。但米吉林从未忘记。唉，迪托不该死啊！

迪托是从哪儿发现这些真谛的呢？他当时没说话，在想他们聊过的其他事，突然，他说出了那番话。"所以，迪托，这种想法是自己跳进你的脑袋的？"他回答说不是。其实他是知道的，只是他没意识到以前就有这种想法了。还有许诺这件事。迪托曾说过，身处困境时，我们只会对着圣贤许下诺言，为了让圣贤在帮助自己之后能获得自己的报答。他倒是觉得，与其这样做，倒不如我们许下诺言并提前付诸行动，我们甚至不需要知道这是一种报答，自然而然地做就行了……可是我们实际做的只是许诺，践行，而后发生了一些好事，或者一些本应发生的坏事没有发生！迪托的这番话说得好，说得漂亮。即便只是想到了这些，米吉林也慢慢抬起头，深吸了几口气，开始变得果敢起来。总有一天，等他有时间了，他会去尝试，在黑暗中，在光明里，许下一个这样的诺言。眼下暂时还不行。现在他总是感到疲惫，几乎不做什么祈祷。但许诺——还是可以做的！为了布格雷那帮小孩许诺，不，没必要。他不需要这么做。对于那帮人，总有一天，他会带把刀，就用从卢伊萨尔蒂诺那里得来的那把刀，跳下马，握住刀，杀了他们，看他们惊恐无比、慌忙逃窜的样子！但他会因为爸爸而许诺，因为爸爸不喜欢他、特别恨他，那是不对的。

米吉林回到家的时候，德烈丽娜或者妈妈会把吃的给他端上桌，豆子、米饭、包菜，有时候会有猪油渣，有时候会有肉干、红薯、木薯，他把豆子和玉米粉拌在一起，坐在凳子上一口一口吃下去，想让自己看上去像一个因为辛苦劳作而变得沉默寡言的小大人。这时利奥瓦尔多凑过来想聊天。

利奥瓦尔多心术不正，凑过来跟米吉林说着一些比帕托里的话还要下流的话。"米吉林，你得把你的小鸡鸡亮给罗莎和玛丽亚·普雷蒂尼亚看看，当然得在身边没别人的时候……"米吉林没答话。接着利奥瓦尔多又说了一个他学会的巫术，一个让女人或者小姑娘束手就擒的巫术：只需要找一小块泥土，和上她们的尿，装在一个小葫芦里，和三只大头蚂蚁放在一起就行了。米吉林听了怒火中烧，什么都没说。即便利奥瓦尔多比他大，他还是觉得他哥非常愚蠢。利奥瓦尔多在身边，米吉林甚至都不想和罗莎说话，不想和牧人萨卢兹说话，不想和任何人说话，也不想和托梅齐尼奥还有西卡一起玩耍，因为利奥瓦尔多一出现，就会破坏他和其他人相处的习惯。可即便如此，利奥瓦尔多仍然非常想让米吉林陪着。

有一次格里沃路过他家，用绳子牵着两只鸭子，说是要带到蒂庞去卖。天气炎热，鸭子们渴得嘎嘎直叫，格里沃停下来听利奥瓦尔多吹口风琴——他从没见过口风琴，索性把鸭子赶到雨后留下的水坑去喝水，自己趁机听一听。可他一来，利奥瓦尔多就开始捉弄他，朝他吐口水，踢了鸭子几脚，还打了他两记耳光。格里沃气急了，想让他住手，被他推倒在地又打了好几下。格里沃哭了起来，说利奥瓦尔多欺负他和他要拿去卖的鸭子。

米吉林恨得牙根痒痒，当他跳到利奥瓦尔多身上时，连自己也说不清是怎么想的。别看年纪小，他把利奥瓦尔多推倒，按在地上打，能打六十下！对着他拳打脚踢，用尽一切办法揍他，一时间不是打就是咬。这是在杀狗吗？利奥瓦尔多时不时地哭着，喊着，说米吉林简直就是魔鬼。

那天是个礼拜天，爸爸在家，闻声赶紧跑过来，拎起米吉林就往家里带，一顿暴打。打完还把他带到门廊下，决定扒光他的衣服，用皮带抽。一边抽，一边骂，咬着舌尖，卷着舌头，乐此不疲。爸爸抽得太狠了，以至于妈妈、德烈丽娜、西卡、罗莎、托梅齐尼奥甚至是伊西德拉姨婆都哭了起来，央求着别再打了，但是没有用。爸爸继续打着，揍着，但米吉林没有哭。没哭，是因为他正在琢磨一件事——等他长大了，就杀了爸爸。他正在琢磨要用什么方法杀死爸爸，想着想着还笑出了声。爸爸吓得就此住了手，心想是不是因为打到了脑袋，把米吉林打疯了。

"臭孩子，疯狗！早晚有一天我要打断你的脖子和脚！……"爸爸继续嚷着。爸爸松开了手，米吉林跌倒在地，即便如此他也并不在意，也不想站起来。

回到屋里，当妈妈用盐水替米吉林清洗伤口时，他才哭了起来。"可是，我的孩子，米吉林，就为了一个陌生人，你顶撞你的大哥，你的亲人？""我揍他！我揍的是坏人，是卑鄙小人！"米吉林怒吼道。现在他懂了，确定无疑。爸爸是生他的气，但是没用。妈妈看着他，眼神美丽而忧郁。但米吉林也一点都不喜欢妈妈了。妈妈和他一起承受着，但她太软弱，不会为了维护他而斗争，不会为了弱小的他而争吵，爸爸想什么时候整治他都可以。妈妈喜欢的人是卢伊萨尔蒂诺……但是看样子她猜出了米吉林的心思，说道："米吉林，原谅你爸爸吧，他干活太累了，都是为了让咱们不再受穷……"可米吉林不想再哭了。如果他们想的话可以杀了他，但他此刻已经不再畏惧任何人，一点也不，再也不了！他擤了擤鼻涕。"爸爸是个粗鄙的乡下人，不中用。"这是他的原话，语气中充满了轻蔑。

一天，妈妈让牧人萨卢兹带上米吉林，一起去放牧。如果爸爸还生气的话，米吉林就在牧人萨卢兹家里住三天。米吉林愿意去，只是请罗莎别忘了好好照顾他的鸟。他有些不好意思，还有一个疑问，那就是，在经历了爸爸不公平的打骂之后，牧人萨卢兹会不会也不像以前那么重视他，会不会粗鲁地对待他、骂他、瞧不起他？

不过一切顺利。牧人热也来了，一起走了一段路，之后就和大家道了别。米吉林骑的是那匹名叫西德朗的马，牧人萨卢兹骑的是帕帕文托。两人沿着绿油油的小路走着，两边是一大片高大无比的棕榈树，闪着光亮。几只金刚鹦鹉努力地啃着椰子。牧人萨卢兹唱道：

　　　　"我的马儿额前垂着马鬃，

　　　　额前垂着马鬃噢我的马儿。

　　　　在那干旱无比的岁月，

连木薯都变得稀少了……"

　　成群结队的白脸树鸭从沼泽地飞出来，阿哩哩、阿哩哩地叫着。之后，就是一片丛林。"萨卢兹，那这些呢？""这些是在白天叫唤的蟋蟀。"米吉林深深地吸了一口气。"唉，米吉林，又要下雨了，你看，褐色知更鸟唱得多欢啊，它这是在祈雨呢。看它那边！""哪儿？我没看见……""快看，就是那儿！就是比棕杜鸟还要小一些的那只鸟，它是来自峡谷边上的鸟……"说完，牧人萨卢兹也唱了起来：

　　　　"想要知道我姓名的人

　　　　并不需要问我——

　　　　我的名字叫干柴，

　　　　是收涩树烧剩下的木炭……"

　　但是，为了不惊扰牲畜，在进入牧场的时候就不能唱了，得收敛一些。他俩缓缓前进，又轻又柔，骑着马穿过一片又一片丛林，踩着柔软的草，引得蚂蚱四处跳跃。他们要寻着风的方向前进。"萨卢兹，咱们不用哼唱来引导牛群吗？你不吹号角吗？""今天不了，米吉林，不然它们会以为要给它们伤口上撒盐了……"一群，一大群鹦鹉叽叽喳喳地飞了过去。牧人萨卢兹得去看看是不是有三头生病的家畜，受伤的家畜，伤口都长了蛆。一头牛在草场死于毒蛇之口。"我正要去看看它们……呐，米吉林，母牛布林达达的孩子发疯了，这世上有的东西它都吃！牵牛绳它吃，其他牲畜的尾巴它也吃……它还学会了大晚上靠在篱笆上吃奶。每天早上，布林达达连一滴奶都没有了。我们费了好大劲儿才发现是小牛干的好事……"米吉林下了马，在一棵细花木豆蔻树下撒了泡尿。雀鹰和黑雕躲到阴凉处。不时也能听到鹦鹉的咕咕声。茂密的灌木丛里聚集了很多鸟。在一棵桃花心木的高处，一只鸟没有唱歌，另一只鸟直挺挺地在树枝上有限的空间里溜溜达达——那是一只灰腹棕鹃，原本住在绿色槲寄生树上。萨卢兹和米吉林刚从一个洞里钻出来，就听到了牛的动静。"米吉林，现在就哼唱吧，把牛群引过来，我来做一件事，让你看看到底是怎么回事……"米吉林随即开始哼唱，与此同时，牧人萨卢兹摘下挂在身上的号角，吹了起来。只听——"哦吼！……""呜……呜……"牛群闻声聚集到了田野中的小树林里。

那声音猛烈地迸发出来，伴随着大地的阵阵颤抖，嘎嘎作响，轰轰而鸣——咚咚咚。之后传来一声巨响，好像动物在水下的打斗声。牛群来了，或近或远，所有驯化的牲畜都到了，公牛、母牛、两到四岁的小牛都来了，跑着，牛犊们欢快地跳着，踩坏了丛林，踩断了树枝，从树林间跑过来了，其中一些还叫唤着。未驯化的野牛们气势汹汹地趁机跑远了。好大一群牛！可牧人萨卢兹还是觉得少："瞧瞧，米吉林，好大一个牛群，连地面都跟着颤抖！但这是别人的牛群……"离他们不远的地方，一头黑色的没长牙的小犊牛咧开嘴，像笑起来一般，抬起尾巴，朝上打了个活结。离他们更近一点，很近的地方，一头白色的牡犊在啃食原野上那片绿洲的叶子——好大一片覆盖着黄花的丛林。阳光洒落在花朵和两到四岁的小牛身上，泛着另一种黄色的光芒。"米吉林，这就是吉拉斯！很美，对吗？""但世界上最美的是牛，不是吗？萨卢兹？""是的，米吉林。"

可惜他们这就得回去了，天边已经乌云密布，要下雨了。灰蒙霸鹟不停地叫着：哗！哗！牧人萨卢兹砍下一串香蕉。他的房子不大，整个都是由棕榈叶搭成的。从踏进家门的那一刻起，牧人萨卢兹仿佛成了另一个人，一言一行中无不透露出主人的姿态。米吉林和那个叫布斯蒂卡的男孩一起玩耍，那孩子傻乎乎的，别人吩咐什么都照做。米吉林和布斯蒂卡睡在同一张树条床上。那床上只铺了一层粗麻布，还是夏尔琳达东拼西凑缝在一起的，上面并没有尿味，因为布斯蒂卡那孩子只是说说而已，并不会真的尿在床上。夏尔琳达人特别好，会给米吉林做加了牛奶和奶酪的青玉米糊吃。下午时分，牧人热路过那里，也吃了同样的玉米糊。牧人热告诫大家别让孩子们离家太远，因为在穆通的丛林中出现了一只巨大的美洲豹，满身斑点，饥肠辘辘，每天晚上沿着多条小路搜寻食物，踪迹遍布各个角落。后来牧人热又说，再过几个月玛丽亚·普雷蒂尼亚就要生了。牧人萨卢兹听罢笑着说："我是紫色皮肤的人，夏尔琳达是紫色皮肤的人，照这个规律来讲，小布斯蒂卡不会出现什么变数。但是你，热，跟玛丽亚·普雷蒂尼亚的孩子，我觉得有可能是白色皮肤，黑白混血或者铅灰色皮肤的人……"大家听了都笑了起来。

在牧人萨卢兹家里住的那三天，米吉林对家里人没有一丝挂念。他不想再爱家里的任何人了，迈蒂娜和罗莎除外。他就只喜欢别家人，喜欢不认识的人，而对于亲人，他讨厌他们，讨厌所有人，讨厌所有属于亲人范畴的人，连托梅齐尼奥也讨厌，因为托梅齐尼奥和迪托有很大的不同。他也不想记起那些事，记起迪托的那些劝告。终有一天他会长大，他要让所有人都挨他一刀。即便是此时此刻他也无所畏惧，对，就是这样！到时候不管是谁，他会把他们都赶到一个地方去，让他们哭爹喊娘，就这样。他在回家的路上一直这样想。

到家了，米吉林什么都没说，也没感谢上帝保佑。爸爸站在那儿骂道："这个臭不要脸的孩子想什么呢？感谢上帝了吗？"米吉林这才感谢了上帝赐福，低着头看着地，声音很小，几乎听不到。爸爸背对着他，像一头凶猛的公牛。米吉林不想再表现出任何畏惧，就杵在那儿。他已经想好了，爸爸肯定会揍他，他就忍着，先不哭。爸爸会揍他甚至杀了他。但是，等到要死的时候，他再咒骂爸爸，那样就能让爸爸见识见识，看看会发生什么。大家都来了，连奥斯孟多·塞辛舅舅都来了，米吉林期待着，煎熬地等待着。

可是爸爸没有揍米吉林。他只是走了出去，把鸟笼都拿过来，一个个打开，放走了米吉林所有的鸟，之后在笼子上踩了几脚，踩碎了。所有人都沉默了。米吉林原地没动。爸爸放走了所有鸟，连那对红冠雀也放走了，那是米吉林独自捉到的鸟，是他自己想的办法，在厨房门口放了一个筛子，一次成功。米吉林仍然期待着，看爸爸会不会重新过来揍他。可是没有，爸爸没来。米吉林就离开了。他走到菜园深处，那里有一个玩具小水车，他坐在水车旁边，情绪爆发了。他爬上腰果树，把之前挂在树上的所有用来抓鸟的陷阱都打掉了。然后又把他所有的玩具和所有存起来的宝贝堆到一起，包括用牛睛果和柳叶草蔻的果子做的游戏标记、黑色晶石、一个打井水用的挂钩、一只带角的绿甲虫和另一只大一点的金色甲虫、一片虎皮云母、空瓶子、水蛇皮、雪松木做的小盒子、断了的小剪刀、小车、硬纸箱、小绳子、铅块，连同一些连看都不想看的东西，全扔了出去，扔到了地上。之后又去了仓库，还想再撒些气。但是，让他放弃了这个想法的是那对红冠雀，那只雄雀美丽异常，每次要一展歌喉的时候都会突然展开那红色的羽毛。米吉林发明了用筛子捉鸟的方法，把筛子半立起来，靠在一根细细的树枝上，筛子底下撒上米饭，人可以离得远一些，捏住用树皮做的绳子的一头，而绳子的另一头系在树枝上，等红冠雀来吃米饭的时候，米吉林就拉动绳子，同时牵动的还有他的心……此刻，他哭了。

利奥瓦尔多出现了，就这么看着米吉林，仿佛他米吉林是什么怪物似的。"喂，嘿，没教养的东西！你居然想跟爸爸斗？"米吉林闭上了眼睛。"呐，看这儿，就只差一小块尿湿了的泥了……"利奥瓦尔多拿着个小葫芦，难道里面已经装了大头蚂蚁了？米吉林一点也没理会，利奥瓦尔多想干吗就干吗吧。利奥瓦尔多似笑非笑的，魔鬼一般。"你要是敢对西卡或者德烈丽娜这么做，我就告诉妈妈！"米吉林小声道，说着站了起来。突然，他一把抓起利奥瓦尔多手里的葫芦扔到远处，扔到了地上，踩呀踩的，踩得粉碎，愤怒异常。"那不是给德烈丽娜和西卡的，是给玛丽亚·普雷蒂尼亚的，笨蛋！"利奥瓦尔多说罢离开了，他不想再面对米吉林了，受够了，因为米吉林不信他。"我可没瞎搅和，是你起的头……"说着就走了。什么事儿他都能撒谎。

晚饭后，奥斯孟多·塞辛舅舅从口袋里掏出一个银币，想送给米吉林，可米吉林摇摇头，说他不需要，而且不管舅舅怎么说他都不要，引得奥斯孟多·塞辛舅舅压低了声音对爸爸说："贝罗先生，你这孩子不错，这家伙不会让任何人为难……"妈妈看着米吉林，很开心。爸爸听他这么说，也说了些什么，跟没说一样。

好在没多久，利奥瓦尔多和奥斯孟多·塞辛舅舅就要离开了。他俩用袋子装了两只裹着木薯粉炸的鸡，还带走了格里沃卖给他们的一大包黑色的蜂花粉渣子。利奥瓦尔多把那只口风琴给了托梅齐尼奥，却没带走帕帕科奥帕科，因为奥斯孟多·塞辛舅舅说它会影响出行。米吉林好久都没这么开心过了，但不是因为终于可以摆脱大哥了，相较于此，还有个更重要的原因，就是他突然意识到，有一天他也可以离开家，离开这里。虽然还不知道什么时候能离开，也不清楚会以哪种方式离开，但这个想法让他惊讶，仿佛一剂安慰的良药。

他又去农场干活了。他不慌不忙地割着草，借此可以好好想一想。"米吉林，你笑什么呢？"卢伊萨尔蒂诺问。"我在笑那只白蚯蚓，蚂蚁捉到的那只白蚯蚓……"爸爸听了摇摇头。米吉林盘算着。首先他需要好好回忆一下迪托教给他的所有东西，想想迪托跟他说过的那种许诺的方法。过不了多久，他就得开始提前践行一个许诺，践行那个没什么实际要求的许诺，就像迪托之前猜测的那样。就是那个每天祷告三段玫瑰经的许诺。许得还得再重一些：整整一个月不吃甜点，不吃水果，不吃糖。咖啡也不喝……光是这样想一想，米吉林就感觉不到幸福了。他有点儿头疼，身体也快支撑不住了。但是不要紧，毕竟阳光太毒了。他忍不住擤了擤鼻涕。"是血，米吉林，你流鼻血了……"卢伊萨尔蒂诺拿来水，把米吉林带到阴凉处，抬起他一条胳膊。"你最好别干活了，回家去。""不，我要继续割草。"这时候米吉林的鼻血已经止住了。天气变得凉爽起来，清新的空气穿透了整个丛林。树枝上有只小鸟在唱歌，还有几只蝴蝶，仿佛一根向下伸出来的、长着几片小叶子的树枝。不过此刻他得弓着身子，举着胳膊，费着更大的力气，只为了干活的时候更加小心，否则锄头就会掉下来把植物砸坏。每当锄头的刀片磕到小石头上的时候，就会有小虫子从草里跳出来。大家割一下草，向前走一步，双脚踩在割了草的土地上，踩出一种好闻的味道，阴凉处的气息。巴尔博兹大庄园里的那群有着迷人笑容的姑娘们，地上的片片落叶，还有那散发着香味的红果子，所有这些……啊！再也不会有这样一个地方，能够如此灿烂地停留在记忆之中。米吉林挥舞着锄头，汗流浃背，爸爸会在那里照看他吗？从来都不会。米吉林感觉身子沉重，脑袋冒火，没办法再践行他的许诺了，此刻他无精打采，浑身疼痛。

又一天，米吉林正在割草，感到一阵难受，弄得他心烦意乱。突然他打了个冷战，就开始吐，赶紧躺到地上，闭起眼睛，像个生了病的家伙。"干吗呢，米吉林，歇着呢？"是病了。剧烈的疼痛，后脖子也是。冷战不停。卢伊萨尔蒂诺把他从地上抱起来，背回了家。"米吉林，米吉林，这是怎么了？出什么事了？"妈妈担心极了。伊西德拉姨婆看了他一眼，就去冲药了。"妈妈，迪托留下的衣服去哪儿了?"此刻他想知道。"收起来了，米吉林。以后托梅齐尼奥可以穿。""妈妈，那迪托的拖鞋呢?""也收起来了，米吉林。你现在需要休息。"米吉林的确需要休息，因为他连动动手指的力气都没有了。汗，不停地流。院子里的狗吠声、罗莎在厨房里的说话声、菜园里母鸡的咯咯声、托梅齐尼奥的奔跑声、帕帕科奥帕科学舌的声音，还有树叶的沙沙声，所有声音混在一起，柔和又遥远，说不清道不明，仿佛日子有着另外一些清晰的画面。

再后来，米吉林都分辨不出是白天还是晚上了。他不停地出汗，仿佛在冬天一般哆嗦着，后脖子处穿透性的疼痛耗光了他的精神，剩下的就只有虚弱。他看见了德奥格拉西亚斯先生那张巨大的哭丧着的脸。他吃了药。在大家把他抱进一盆凉水里洗澡的时候，他冻得一个激灵，有些烦躁。"他的肚子都被染成红色了……"他听见伊西德拉姨婆如是说。妈妈哭泣着，眼神里透着一丝温柔。大家给他洗了澡，又把他放回床上，盖好。大家都来看他了，连迈蒂娜也来了。就在那么一瞬间，他觉得自己会就这么死去，可即便是死去这个词语都无法减轻他的恐惧，他无法想象一切的终结与黑暗。他太疲惫了。大家用一块布，无时不刻不在替他擦嘴，擦完布就又全湿透了。脖子上的疼扩散了，痛入心扉，仿佛连脑袋这个依旧健康的地方都要忍受这种苦楚，却又总是被它所萦绕，他想要把那疼痛圈起来，就像用一团火围住的一摊水。忍受那疼痛仿佛是一种义务。

米吉林下意识地看了眼爸爸，惊讶得瞪大了眼睛——不可能，根本不可能会这样。但事实如此，爸爸没生气，没发火，没骂他。爸爸哭了，被命运激怒了，不住地咬着嘴唇。米吉林笑了。爸爸哭得更凶了："我的孩子们一个接一个地生病，就连老天爷也会觉得这太不公平了！难道我们生来就注定要生病治病吗？"爸爸奋力怒吼了一声，却是为着他对米吉林的爱。妈妈挽起爸爸的胳膊，把他拉了出去。但米吉林没有捕捉到任何思绪，也没有想出任何解释。就只是出汗，发冷，流鼻血，头疼。格里沃的到来令米吉林有了片刻的喜悦。格里沃带来一只橙黄雀鹀，装在一个小小的做工粗糙的笼子里，但这是他送给米吉林的礼物，代表友谊的礼物。

"米吉林，布里奇多·博伊先生把那只满身斑点的美洲豹杀了。你去看看它的皮吧……"牧人热说道。米吉林懒得去搞清楚别人说的话，可又不得不赶快好起来，因为大家的脸上总是充满了这种期待。"米吉林，这下你可高兴了，你爸爸把格里沃雇来跟我们一起干活了，这小子想学牧人的手艺……"牧人萨卢兹说道。米吉林的快乐迟到了一会儿，此刻也不在来的路上。他总是感到疲惫，身上哪儿哪儿都累，喝了冰水也不解渴。他很是想念寒冷的季节，水很冰，喝着痛快。他想要几个橘子。"橘子……橘子……"他呻吟着，浑身上下说不出具体哪里疼，反正就是疼。爸爸说要亲自去给米吉林找橘子，不管去哪儿，不管哪里有，就算是走到边远地区也要找来。爸爸让人配好马具，吹口哨叫来一条猎狗，一并出发了。米吉林继续睡。大家继续给他洗澡，所有人又哭了一场。"妈妈，说说亲爱的迪托吧……"米吉林很想在梦里见到迪托，因为在这之前他从没梦见过他。可惜他梦不到。

爸爸找来了菠萝、青柠檬，还有甜柠檬，但是橘子，他找了这么久，找遍了吉拉斯的每个地方，都没有找到。米吉林嘴唇干得裂了口子。"妈妈，这样的日子总会过去是吗？""会的，米吉林，今天已经是你生病后的第七天了，你很快就会好了。""妈妈，等我好了，你们再让我在这里躺些天休息休息好吗？""没问题，我的孩子，你想休息多久都可以……"说完米吉林又睡了很久。

"妈妈……妈妈！妈妈！……"怎么这么吵？大家在喊什么？哭什么呢？"米吉林，米吉林，老天爷啊，可怜可怜我们吧！爸爸逃到丛林去了，爸爸把卢伊萨尔蒂诺杀了！……"

"别杀我！别杀我！"米吉林哭着，喊着，哀求着。伊西德拉姨婆来了，把大家都撵出了屋子。她坐在床边上，拉着米吉林的手，说："米吉林，我们一起祈祷吧，让他们走吧，让他们去处理吧。你不要理他们，你需要的就只是好起来！我会祈祷，只要可以就让你时刻伴随着我的心，睡吧，睡吧……"伊西德拉姨婆不停地祈祷着，用动听的话语把她懂的词都说了一遍，把所有的神灵都念叨了一遍。当米吉林再次醒来的时候，已经到了晚上，屋里的灯亮着，伊西德拉姨婆依旧坐在那里，也没挪窝儿，不停地祈祷着。她时不时地给米吉林喂水，喂药，喂热腾腾的汤。每当这时，米吉林就不得不与她四目相对。突然，姨婆开口道："听着，米吉林，别慌，你爸爸也死了。他杀了人之后疯了，在一片巨大的丛林里，用一根藤条在一棵羊蹄甲树上吊死了，在灌木丛中被发现的时候已经死了……但是，老天爷是不会死的，米吉林，我们的主耶稣也不会再死了，他在天上，坐在神的右边！祈祷吧，米吉林。祈祷吧，睡吧！"

米吉林猛地醒过神来，一切都重新开始了。

早上，妈妈来了，跪在床边，双手捂住脸哭着说："米吉林，谁也没有错，没有错……"她重复了一遍又一遍。"妈妈，他们把爸爸埋了吗？""埋了，我的孩子。从找到他的地方埋到了特伦滕……""大家都去了吗？托梅齐尼奥、德烈丽娜，还有西卡？""去了，米吉林，大家都爱着彼此……""那我这儿生着病，四下无人的，就没人问？"他听到了妈妈的眼泪滴落的声音。"妈妈，您也会为迪托祈祷吧？"迪托会感觉到的。迪托要是还在家里，说不定那一切就不会发生。米吉林缓缓地流着眼泪，为爸爸而哭，为所有人而哭。他小心翼翼地哭着，以免引起头痛。之后又沉浸在悲伤的回忆中，沉浸在那份孤独的思念里。

阿里斯特乌先生来的时候带了一个满是蜂蜜的大蜂巢，

用绿叶子裹着。"米吉林，你的病好啦？终于好了，一月和二月的雨早就过去了……米吉林，你得高兴起来，悲伤可不是什么好兆头……"

"阿里斯特乌先生，这话是迪托教给您的吗？"

"米吉林，是阳光，是蜜蜂，是我尚未拥有的巨大财富告诉我的。来听听你怎么能一直康复下去吧：

       "我用带子系住阳光，

       我让星星成对成双，

       我让地狱之门关上，

       我给知更鸟斟杯酒，

       我把外套披在犰狳身上，

       我的靴刺扎在野牛身上；

       我控制了美洲豹的乳房，

       好让孩子们喝上它的奶！"

阿里斯特乌先生用手指顶在额头上，在屋子中央行了个礼，交叉着双腿，很有趣，显得个子很高。

"再见啦，再见呀，米吉林。等你再好一些，听着，就会是这样的：

       "哦，小鸟的窝，

哦，偷来的蛋：
如果我不爱自己，
还会爱谁呢？"

这样的欢笑会在生活里贯穿始终。阿里斯特乌先生明白这一点。

挨过了些日子，米吉林好了许多，几乎完全康复了，已经可以不用别人扶着坐起来一点点了，但很快就会觉得累。他吃不下多少东西，对任何食物都没什么兴趣，咖啡也不想喝。特雷兹叔叔出现了，大衣上别着哀悼用的黑纱，和米吉林聊了许多。伊西德拉姨婆祝福了米吉林，又往他脖子上挂了两枚纪念章，把原来那条旧得发黄的、因生病而弄脏了的绳子替换了下来。最后她亲吻了米吉林，拥抱了他，跟他道别——她要走了，再也不回来了。特雷兹叔叔会回来跟他们住，回来干活。可是米吉林不再喜欢特雷兹叔叔了，觉得喜欢他是一种罪过。

由于病还没好利索，米吉林不能跟兄弟姐妹们玩耍，跟格里沃也不行。但是可以坐在那儿，坐很长时间，听帕帕科奥帕科说话，看迈蒂娜洗衣服，看西卡跳绳。"快进来吧，米吉林，露水下来了……"他进了屋，躺到吊床上，特别想再一次尝试从脑海中提取出又长又美丽的故事。他什么都不想要。"米吉林，这天气多好啊，咱们种下卷心菜，收获圆白菜，吃着生菜……"阿里斯特乌先生曾这样说过。

"妈妈，阿里斯特乌先生喝酒吗?""米吉林，他不喝酒。不过他出生在一个星期天的中午……"此刻，特雷兹叔叔正在没命地干活，又雇了一名锄地工，还管着一群两到四岁的小牛。他有一件全皮的大衣，比牧人萨卢兹那件漂亮多了，甚至让人嫉妒。"米吉林，如果几个月之后，你的妈妈和特雷兹叔叔结婚，你会乐意吗?"妈妈试探着问道。米吉林无所谓，这一切都是愚蠢的行为，所有人都有些傻。等他长得和大家一样壮的时候，会不会去农场跟特雷兹叔叔一起干活?他还是更喜欢牧人的活计。如果迪托还在家里，他会觉得怎么样呢?迪托说过，大家要总是敢于让自己快乐，即便所发生的一切都很糟糕，也要去感受发自内心的快乐，这才是正确的。可以吗?快乐需要大家慢悠悠地过日子，体会生活的点滴，不受其他事物的纷扰。

后来，又过了一些天，米吉林已经能够下地走路了，不用扶也不觉得累。也能够闻出饭菜的香味了。罗莎给他把甜品做了个遍，木瓜甜点、糖浸酸橙、牛蹄油奶糕。米吉林独自散着步，不费力气地下了坡道来到蒂庞公路边，看小草开花。得随便找一天，征得大人同意，去河谷那边看看阿里斯特乌先生。泽罗和塞乌诺梅跑在米吉林前面，又跑回来，仿佛在追着什么东西玩耍。不远处，一只雀鹰直挺挺地立在那儿，叫着。

突然，从那边过来一个骑着马的人。一共两个人。那是一位从外地来的先生，从服饰上就能看出来。米吉林上前问候了他，请他赐福。那个人牵着马走近了些。他戴着眼镜，面色红润，身材高挑，戴着一顶别致的帽子，确实很别致。

"愿上帝保佑你，小家伙。你叫什么名字？"

"我叫米吉林，是迪托的哥哥。"

"你弟弟迪托是这里的主人吗？"

"不是的，先生。小迪托光荣了。"

那人勒住了他那匹精心养护的、俊俏异常的马，又说：

"啊，我不知道，不知道。老天爷会把他护在身边的……不过，米吉林，这里有什么呢？"

米吉林想看看那个人是不是在冲着自己微笑，所以跟他四目相对。

"你干吗这么看着我，你看不清吗？咱们到那边去。你家里都有什么人？"

"妈妈，和其他兄弟姐妹……"

妈妈，特雷兹叔叔，大家都在。那个又高又白的人下了马。另一个跟他一起来的是他的同伴。那人向妈妈问起许多关于米吉林的事。然后又问米吉林自己："米吉林，看这里，你看到我几根手指？现在呢？"

米吉林眯着眼，德烈丽娜和西卡笑着，托梅齐尼奥早就躲了起来。

"这孩子近视。米吉林，稍等一下……"

那人取出一副眼镜，熟练地替米吉林戴上。

"现在看一下！"

米吉林照做了。简直难以置信！一切都变得如此清晰，一切都是全新的，完美的，不一样的，那些东西，那些树，每个人的脸庞。他能看见一粒粒细沙，一寸寸土地，一颗颗石子，还有几米开外的地上忙忙碌碌的蚂蚁。眼花缭乱。这里，那里，天呐，这么多东西，所有都能看清……那人取下眼镜，米吉林依旧指着，说着，描述着一切是什么样的，仿佛能看清一般。妈妈很惊讶，但那位先生说这很正常，只是从今往后米吉林都要戴眼镜了。那人和他们一起喝了杯咖啡。他是来自库尔韦洛的若泽·洛伦索医生，什么都会治。米吉林的心乱跳，他要进屋去告诉罗莎，告诉玛丽亚·普雷蒂尼亚，告诉迈蒂娜。西卡跟在他后面边跑边说："米吉林，你近视……"他答道："是的，女士……"

等他回来的时候，若泽·洛伦索医生已经离开了。

"米吉林，你伤心吗？"妈妈问。

米吉林说不清。大家的年纪都比他大，事情总是以一种特别的方式出现转机，差异巨大。

"他去哪儿了？"

"去蒂庞河谷了，猎人们都在那里。但明早他会回来，在他去城里之前会再来一趟。他说，如果你米吉林愿意，他就带你一起去……"这位医生人很好，到时候他会带着米吉林去买小眼镜，让他去上学，然后再学一门手艺。"你确实想去吗？"

米吉林不知道。他竭力忍住不哭。他的灵魂，甚至内心的最深处，仿佛被浇了冷水。可妈妈说道：

"去吧，我的孩子。看看你眼里的光芒，那可是只有老天爷才有权力给予你的光芒。去吧。等到了年底，如果条件允许，我们也过去看看。总有一天咱们会再见面的……"

说完，妈妈去收拾他的衣服了。罗莎杀了只鸡，和木薯粉一起放进了旅行袋里。米吉林会骑着迪亚曼特去，到了城里之后就把它卖掉，卖了的钱他留着用。"妈妈，是要去海边吗？还是去保罗舒的边缘地带？很远吗？""孩子，比那还要远。但不是去保罗舒的方向，是相反方向……"妈妈温柔地说着。

"妈妈，可为什么会发生这一切？又是为了什么呢？"

"米吉林，我的孩子，抱抱妈妈，我实在是太爱你了……"

猎狗们在屋外叫着，对它们每一条的叫声，大家都能辨别出来。而帕帕科奥帕科站立的样子，是那样兴奋、那样欢快，它唱道："多明戈斯师傅，你来这里做什么？我来取半个帕塔卡①，好买我的甘蔗酒喝……"妈妈给米吉林清洁了一下身体，打了好多肥皂，还用海绵搓了搓耳朵。"你也可以把迪托的小拖鞋带上，你还穿得下……"

又一天，雄鸡们一大早就唱开了，小鸟们也高歌起来，

---

① 巴西古银币名称，约合 320 雷亚尔。

大蝇霸鹟、巴西拟鹂都唱着："这是多么快乐……多么快乐……"所有人都来家了。在某个伟大的时刻，所有人都到齐了：妈妈、孩子们、特雷兹叔叔、牧人萨卢兹、牧人热、格里沃、格里沃的妈妈、夏尔琳达和布斯蒂卡、锄地工们，还有其他人。米吉林穿上了小靴子，一次性向所有人道别，从迈蒂娜和玛丽亚·普雷蒂尼亚开始。母牛们关在牛棚里，那匹叫迪亚曼特的马已经配好了马具，支起来的脚镫子，铺在马鞍上的羊皮垫子。特雷兹叔叔送了米吉林一个精美的小葫芦，上面缠绕着一些藤蔓。所有人对他都很友善，所有这些居住在穆通的人。

若泽·洛伦索医生到了。"米吉林，准备好了吗？激动吗？"米吉林和大家一一拥抱、道别，包括猎狗们、帕帕科奥帕科，还有舔着爪子清洁身体的猫索松伊。他还亲吻了格里沃妈妈的手背。"请给阿里斯特乌先生带去我的问候……请给德奥格拉西亚斯先生带去我的问候……"最后他拥抱了妈妈，踏上了征程。

但是，米吉林突然在医生前面停下了脚步。他激动地颤抖着，几乎没有勇气说出想要说的话语。最终，还是说了。他向若泽·洛伦索医生提了一个要求。医生明白了，觉得这很有意思，他摘下自己的眼镜，给米吉林戴上。

米吉林努力把每个人仔细看了一遍。他走出去，看到了山顶上黑幽幽的丛林，他家的房子，种着海刀豆和苦瓜的篱笆；看到了天空、牛棚、菜园；在清晨，用他那圆圆的眼睛，透过大大的玻璃镜片。他看到了更远的地方，在沼泽边上放牧的家畜，朵朵棉花般盛开的萱草。还有第一条岔路上那片绿油油的棕榈树。穆通真美啊！现在他总算感受到了。他看到了迈蒂娜，那个喜欢看他戴眼镜的人，正拍着手喊叫着："科林塔，登场！……"他还看到了山毛榉下面那一颗颗圆滚滚的小石子。

他又看向了妈妈。德烈丽娜是那么美丽，还有西卡，还有托梅齐尼奥。他对特雷兹叔叔微笑着说："特雷兹叔叔，您跟爸爸真像……"大家闻言都哭了起来。若泽·洛伦索医生清了清嗓子，道："我搞不懂，当我摘下这沉重的眼镜时，我的眼睛里甚至都充满了泪水……"米吉林再次把眼镜还给了他。悲泣袭来，为了迪托，为了平戈·德欧罗，也为了爸爸。要永远快乐，米吉林……永远快乐，米吉林……他甚至都搞不清什么是快乐、什么是悲伤。妈妈亲吻了他。罗莎往他的旅行袋里放了牛奶甜点，路上吃。帕帕科奥帕科叽叽着，声音很大，不停地叽叽着。